迷路的云

林清玄 著

人民文学出版社

本书由台北九歌出版社有限公司授权出版

著作权合同登记号　图字 01-2017-1171

迷路的云/林清玄著.—北京：人民文学出版社，2017

（林清玄作品）

ISBN 978-7-02-012684-2

Ⅰ.①迷… Ⅱ.①林… Ⅲ.①散文集-中国-当代 Ⅳ.①I267

中国版本图书馆 CIP 数据核字(2017)第 072683 号

责任编辑：廉　萍
特约策划：陶媛媛
封面设计：钱　珺

出版发行　人民文学出版社
社　　址　北京市朝内大街 166 号
邮政编码　100705
网　　址　http://www.rw-cn.com

印　　制　山东德州新华印务有限责任公司
经　　销　全国新华书店等

字　　数　185 千字
开　　本　890 毫米×1240 毫米　1/32
印　　张　10.75
版　　次　2012 年 8 月北京第 1 版
印　　次　2017 年 6 月第 1 次印刷

书　　号　978-7-02-012684-2
定　　价　40.00 元

如有印装质量问题，请与本社图书销售中心调换。电话：010-65233595

林清玄作品

迷路的云

献给

来不及看见这本书就过世的
父亲　以及
还在悲伤中的母亲
愿
父亲往生西方　花开见佛
母亲福慧增长　身体常健

目 录

总序　乃敢与君绝......1
代序　纪念父亲......1

卷1
满天都是小星星......3
落地生根......10
阴阳巷......17
形式......28
锦鲤......37
迷路的云......41
法圆师妹......53
莲花与冰冻玫瑰......73
暹罗猫的一夜......82
落菊......91
苦瓜特选......100
南坎新娘......104
海的儿女......110
小河里有白鹅......117
秀才骑马......121

武昌街的小调......125
吴郭鱼与木瓜树......134
最黑的生命......144
香蕉王国沧桑记事......163

卷2
日光五书......181
抹茶的美学......196
"大文字"奇遇......204
买一斤山水......212
庞贝的沉思......220
原宿青年......227
菩萨的心情......233
味之素......240
铜胃铁耳朵......249
蝴蝶的传说......258
我行我"素"......263
耳朵的尊严......268
阿拉伯衣的联想......273
巴黎乞丐......279
醉的最低境界......283
食家笔记......289

总序　乃敢与君绝

乃敢與君絕

林清玄

「我願意
與你心心相印,永遠相知,
和天命一樣長久,不斷絕也不衰退。
我永遠永遠不會離開你,

一直到
最高的山失去了稜線,化為平原;
一直到
全世界的江水都乾枯了,魚鼈死滅;
一直到
冬天打起了春雷,傾天動地;
一直到
夏日下起了大雪,寒徹心扉;

我愿意

与你心心相印，永远相知，

和天命一样长久，不断绝也不衰退。

我永远永远不会离开你，

一直到

最高的山失去了棱线，化为平原；

一直到

全世界的江水都干枯了，鱼虾死灭；

一直到

冬天打起了春雷，震天动地；

一直到

夏日下起了大雪，寒彻心扉；

一直到

天地黏在一起，无日无夜，

一直到

这世界全部颠倒，

我才敢和你分离呀！

这是我最喜爱的一首古乐府诗《上邪》的译文，原文是这样的:"上邪!我欲与君相知,长命无绝衰。山无棱,江水为竭,冬雷震震,夏雨雪,天地合,乃敢与君绝!"

我在少年时代第一次读到这首诗,是盛夏时节坐在漫天的凤凰树下,当时因为感动,全身不停颤抖。

天呀!在千年之前,就有一个少女为情爱立下如此坚强、如此惊天动地的誓言,这不只是"海枯石烂",而是世界毁灭了。

即使世界崩毁,我爱你的心永远永远不会改变!是多么浪漫、热情、有力量,令人动容。

千年之后,放眼今世,还有几人能斩钉截铁地说出这么壮阔的誓言!

文学就是这样,短短的三十五个字,跨越时空,带着滚烫的热气,像是浓云中的闪电,到现在还让我们触电,仿佛看见一道强烈的闪光!

一句话也没说

这是最令人震动的情诗。

而最令人震动的爱情故事,我以为是司马相如和卓文君。

司马相如是汉朝的大才子,年轻的时候在梁孝王手下当文学侍从，当时写了《子虚赋》，闻名天下。梁孝王驾崩之后，他回到故乡成都，日子过得很艰难，几乎三餐不继。

临邛县令很欣赏司马相如。有一天，临邛的大富翁卓王孙宴客，县令邀请相如一起去参加。卓王孙家仅奴仆就有八百多人，庭园大到看不见边，说多豪华就有多豪华。

一身布衣的司马相如完全无视豪侈的景象，自在地喝酒、自在地散步，看见院中有一把古琴，就随兴坐下来弹琴，非常潇洒。

卓王孙的女儿卓文君在附近听见动人的琴声，跑过来看，看见司马相如一表人才，一见倾心。司马相如则是天雷勾动地火，立刻爱上卓文君。

两人四目相望，一句话也没说。

夜里，卓文君悄悄来找司马相如。司马相如牵起她的手，穿过豪华广大的庄园，走出气派雄浑的大门，连夜跑回成都去了。

他们一毛钱也没带，甚至没有一件多余的衣服。

为了生活，卓文君只好在街上当垆卖酒，而大才子司马相如则跑堂、打杂、洗碗碟。

夜里，偶尔写写文章。

有一天，汉武帝偶然读到《子虚赋》，非常欣赏相如的才华，立刻派人到成都，把司马相如和卓文君接到长安，留在自己身边做官。

不用洗碗碟了，司马相如专心写作。后来又写了《上林赋》《大人赋》《长门赋》……成为西汉第一位伟大的文学家。

司马相如的文章就像他的爱情一样，恢宏、浪漫、壮美，令人目不暇接。

看看今天的人吧！谁有那样的勇气？一句话不说就能相守一生？第一次相见就为爱出走？对房子、车子等财富不屑一顾，只是纯粹地去爱，去追寻。

读到司马相如和卓文君的爱情是在我的青年时代，时在阳明山，我在大雾弥漫的箭竹林里穿行，抬起头来，看着一只苍鹰在山与蓝天之边界自在悠游。

我想着：如果有那么一天，我遇到一位连一句话都不用说就能相守一生的人，我是不是能有司马相如那样一往无悔的勇气？我是不是能放下世俗的一切，大步向前？

经过三十年，我证明了自己也能一往无悔，大步向前！

那是因为我们都有文学的心，文学使我们不失去热情，有浪漫的情怀，愿意用一生去爱，去追寻，去完成更高的境界。

志在千里，壮心不已

历史上，最被人误解的文学家，应该是曹操。

由于《三国演义》把曹操写得狡诈，曹操就成为奸臣的代表。其实，他的才华远远胜过刘备和孙权，年轻的时候就立志结束分崩离析的乱世，使天下归于太平。

有一次，他出征打仗，路过渤海，站在碣石山上，看着浩瀚的大海，写了一首诗《观沧海》：

东临碣石，以观沧海。
水何澹澹，山岛竦峙。
树木丛生，百草丰茂。
秋风萧瑟，洪波涌起。
日月之行，若出其中。
星汉灿烂，若出其里。
幸甚至哉，歌以咏志！

看哪！那海上峙立的岛，是我的志向！那丰茂翠绿的草，是我的志向！那海上汹涌的巨浪，是我的志向！日月从海上升起，是我的志向！灿烂的星空倒映海里，是我的志向！我何其有幸看见这伟大的海洋，写一首歌来咏叹我的立志。

读到这首诗时，我刚步入中年，正在宜兰的海边远望龟山岛。想到这位被误解千年的文学家曹操，他的胸怀是何等地宏伟宽广，如今读来，仍让人震动！

因为心胸开阔，意志坚决，曹操一直到老，仍有满腔热血。他说："老骥伏枥，志在千里。烈士暮年，壮心不已。"

以他的文化素养，他教出两个了不起的儿子：曹丕、曹植。父子三人被誉为"三曹"，是"建安文学"最经典的人物。

曹丕说得很好，他认为文章是经国的大业、不朽的盛事。人的寿命有限，富贵也如浮云，死后都会成空，只有文学会永垂不朽，具有长久的价值！

"三曹"去今久矣！但我们现在读到《观沧海》《燕歌行》《白马篇》《洛神赋》，都还会感动不已！

我最喜欢曹丕说的"文以气为主"的见解，文学家都是不同的，各有性情和气质，文章风格自然不同，这是美好的事，不必抬高或贬低。

正如太康诗人左思说的："贵者虽自贵，视之若埃尘。贱者虽自贱,重之若千钧!"文章的贵贱,谁分得清呢?

天地为之久低昂

杜甫偶然看见公孙大娘的弟子舞剑,感动不已,写下了《观公孙大娘弟子舞剑器行并序》:

> 昔有佳人公孙氏,一舞剑器动四方;
> 观者如山色沮丧,天地为之久低昂。
> 㸌如羿射九日落,矫如群帝骖龙翔。
> 来如雷霆收震怒,罢如江海凝清光。
> ……

读之,令人低回不已。杜甫透过诗歌,把公孙大娘弟子舞剑时那种气势、动作、伸展、优美、力道……写到了极处:动的时候,威猛强过雷霆;停的时候,仿佛江海都静止了,连天地都为之低回不已。

透过文字与想象,我们感到不可思议的美!

假设,当时有录影机或手机,有人录下公孙大娘的舞剑,传到优酷网上，我们看了，会有杜甫那样的感动吗？

肯定不会，因为五色已经令我们目盲了，过多的平面的影像，使我们的感觉匮乏了。不管多么惊人的影像，也无法激起我们的感动，再也不能了！

一个秋天的夜晚，被贬为江州司马的白居易在浔阳江头送别朋友，突然听见江中的船上传来一阵琵琶声。后来他写成一首感人的长诗《琵琶行》：

> 千呼万唤始出来，犹抱琵琶半遮面。
> 转轴拨弦三两声，未成曲调先有情。
> 弦弦掩抑声声思，似诉平生不得志。
> 低眉信手续续弹，说尽心中无限事。
> 轻拢慢捻抹复挑，初为霓裳后六幺。
> 大弦嘈嘈如急雨，小弦切切如私语。
> 嘈嘈切切错杂弹，大珠小珠落玉盘。
> 间关莺语花底滑，幽咽流泉冰下难。
> 冰泉冷涩弦凝绝，凝绝不通声暂歇。
> 别有幽愁暗恨生，此时无声胜有声。
> 银瓶乍破水浆迸，铁骑突出刀枪鸣。

曲终收拨当心画，四弦一声如裂帛。

东船西舫悄无言，唯见江心秋月白。

……

　　白居易把琵琶忽快忽慢、时高时低、有时停顿稍歇、有时奔放飞扬的节奏写得淋漓尽致，光是一首《琵琶行》就有多少名句："千呼万唤始出来""未成曲调先有情""大珠小珠落玉盘""此时无声胜有声""唯见江心秋月白"！

　　如果有人当场录了音，转录到网络上，任人下载，我们听了，会有白居易那样的感动吗？

　　肯定也不会，因为五音已经令我们耳聋了，太多的泛泛之声，靡靡之音，已经使我们的感觉僵化了，再也不会有天籁那样的感动，再也不会了！

　　五色，五音，还有五欲，已经使我们的心发狂。我们无法透过文学来验证我们的想象力。

　　文学没落并不是我们发狂的原因，但文学没落确实使我们的心灵为之枯寂！

一直向往远方

在一个贫困而单调的年代,我生长在偏远又平凡的农村,那个年代还没有电脑和网络,甚至连电视电影都没有。那个农村,缺乏任何影音和娱乐。

陪伴我长大的,只有极少数的文学作品和书报。

文学的情怀,使我在很年少的时代就感受到《诗经》古诗中那样的深情,相信世上有永恒的情感。

文学的情怀,使我养成了纯粹的心灵,像司马相如一样,无视庸俗与豪奢,无畏流言与蜚语,勇于追寻,一往无悔。

文学的情怀,使我能立志,志在千里、壮心不已,从青年到老年,一直向往森林、海洋、云彩、天空与远方!

文学创作是我生命的宝藏,使我敢于与众不同,常抱感动的心!回观我写作的四十年,我很庆幸自己是一个作家,以爱为犁,以美为耙,以智慧为种子,以思想为养料,耕耘了一片又一片的田地。

那隐藏着的艰难、汗水与血泪,是很少为人知悉的。

"上海九久读书人"与人民文学出版社计划推出我的系列作

品,九歌出版社的朋友希望我写几句话,思及自己的文学因缘,不禁感慨系之。

我和创作,不会离别

去年秋天,清华大学创校一百周年,邀请我去演讲。

一个学生问我:"林老师,我们都知道您写了一百多本书,您有没有预计这辈子写多少书,您会写到什么时候?"

我告诉学生,我不知道今生会写几本书,但是,我知道我会写到离开世间的最后一刻。

我引用了《上邪》那首古老的诗:

山无棱,江水为竭,冬雷震震,
夏雨雪,天地合,乃敢与君绝!

文学创作就是我的"君"。除非世界绝灭,我和创作,不会离别。

二〇一一年初冬
台北外双溪清淳斋

代序 纪念父亲

由于父亲的病，我最近经常在空中飞来飞去，回去探望父亲。

可能是秋天的关系，在空中看天上的云，特别有一种清明庄严的感觉；尤其飞得更高，俯身看白云霭霭，就好像在梦里一样。我想，任何人都做过在白云之上散步的梦吧！

我喜欢秋天的云，因为秋云不像春云那样有暖暖的人情，也不像夏云那样变幻激烈；更不像冬天的云有一种灰濛的色调。秋天的云是洁白而无瑕的，却也并不温情，带着一点淡淡的冷漠与无奈——那种冷白雅净的感觉，就像你沿着河岸散步，看到对面盛开的苇芒一般；也像你隔着玻璃窗，窗外是雾雾的小雨，雨下有小白菊的花园。或者像有一次我到田尾乡去，在花农栽植的红艳艳的玫瑰花园之田埂尽头，突然看到了一丛淡淡的酢浆草，寂寞清凉地低诉自己的存在。

秋天的云是一种如何的美呢？

它是那种繁华落尽见真淳，是无情荒地有情天，是蓦然回首的灯火阑珊，是诗歌里轻轻的惊叹号，是碧蓝大海里的小舟。

但那样的美，有时也会让人落下泪来。

那是因为无常。无常是幻，无常是苦，无常是迁流不息，无常是变动不拘。无常也是美，却是最凄凉的美。

秋云的变化虽然缓慢，却连刹那也在变灭，这使我想到父亲的一生而痛心伤感。父亲是我这一生最崇拜的人，他虽是一个平凡的乡下农夫，但他善良、乐观、温暖、坚强，信仰正义与公埋，他在我心目中接近于一个完人。然而，在最后的时刻，他患了心脏扩大、肺炎、肝硬化、糖尿病、尿毒和腹腔积水，受尽痛苦的折磨。

我是个虔诚的佛教徒，深明生、老、病、死、爱别离、怨憎会、求不得、烦恼炽盛都是人间不可避却之苦，但有时也不免想问问佛菩萨：为什么像父亲这样的人，不能有更长的寿命、更好的福报呢？为什么无常的河流不能小小地绕一个弯呢？

人人不免一死，如同每一片云都不可能停在相同的地方，父亲不能例外，我们也不能例外。父亲就在我们的泪眼里，在秋天的云中，默默地吐尽最后的一口气，他的气息随着凉风，飘到了不可知的所在。

虽然我所信仰的宗教里，一直教我放下、放下、放下，而我自己也发愿要做一个和众生一起受苦、在苦恼中锻炼智慧的菩萨。但菩萨是什么呢？《华严经》里说道，菩萨都是有情种，假使不是对人世间的一丝有情，人间就没有菩萨。因此，父亲的逝世使我有一种难抑的哀伤，常常每夜守在父亲灵前时，忍不住又落下泪来。看着父亲的遗容时，我但愿自己所信仰的西方极乐世界是真实存在的，而父亲死时嘴角所带的笑意使我深信，他是到了极乐世界。

父亲从重病到逝世的这段期间，我正好在整理《迷路的云》旧稿，重看这些文字，更感受到无常的迅速。这是去年一年间写作的一个段落，那曾是真实存在过的心情，这时重看，觉得仿佛已经过去好久了。想到我每天做晚课时常念到的"普贤菩萨警众偈"："是日已过，命亦随减，如少水鱼，斯有何乐？当勤精进，如救头燃，但念无常，慎勿放逸。"忍不住抚卷长叹。

记得读小学的时候，外祖母过世，全家陷入一种莫名的哀伤中，父亲说过："日子还是要过下去的……"是的，日子还是要过下去的，我在父亲的灵前许了一个这样的愿：我的泪不只为父亲而落，而要为所有迷路的、苦难的众生而落。

我把这本书，我的第二十九册著作，献给还来不及看见它就去世的父亲，和还在悲伤中的母亲。

一九八五年九月十日于旗山祖宅父亲灵前

卷1

满天都是小星星

夜晚沿着仁爱路的红砖道散步，正是春夜晴好。仁爱路上盛放着橙色的木棉花，叶已全数落尽，木棉树的枝桠呈现接近黑的褐色，仿佛已经干去一般。它唯一还证明自己活着的，是那些有强硬花瓣的、在夜风中微微抖动的花朵。

到了二段以后，木棉少了，只有安全岛上的椰子树孤单而高傲地探触着天空一角。不知道为什么，我总觉得城市里的木棉与椰子树是兄弟一样的品种，不开花的时候，往往使我们忘记它们的存在。但是它们一年年活了下来，互相看守道路，在寂寞的时候互相照应。

有时我追索着为什么把它们当成相同的品种，因为长久的观察使我知道,都市的木棉与椰子是永不结果的。如果在我的故乡,春末的木棉花开过后并不掉落,它们在树上结成棉果,熟透之后就在树上爆裂,木棉的棉絮如冬天的第一场细雪,随风飘落。每一片乳白的木棉絮都连着一粒黑色的种子,随风落处,只要是有土的所在,第二年就长出木棉树的嫩芽。所以我们常会在水田中看到一株孤零零的木棉,那可能是几里外另一株木棉飘过来的种子。

到了夏天,是椰子结实的时候,那时椰子纷纷"放花"完成,饱满的青苍色椰子好像用起重机高高地升到树顶上。但是收采椰子的时候,农人常常留下几棵最强壮的椰子做种,等到椰子内部长成实心的时候才采收下来,埋在地下,不久就长芽抽放;如果将它放在大盆子里,每天浇点清水,椰子也照样发芽,然后运送到城市,成为充满绿意的盆栽。

记得我故乡的小学,沿着低矮的围墙种满了椰子树,门口的两株长得格外高大,那椰子树是父亲读小学时就有的。后来我才知道整个校园的椰子树全是由门口的两株传种,一个校园的上百株椰子树,事实上是一个庞大的家族,有着血亲关系。每次想到那一群椰子,都给我一种莫名的感动。

如今在仁爱路上的椰子,不要说结实传种,甚至是不开花的,只有站在安全岛的一角,默默倾听路过的车声。

过了临沂街右转,就走进铜山街的巷子,走进了我生命中的一段历史。

十几年前我初到台北,虽然心中有着向新环境开拓的想法,但从偏远的乡间突然进入这样的大城,不免有一种惶惑和即将迷失的恐惧。我从台北车站小心翼翼地坐上零南公车,特别交代车掌小姐在临沂街口让我下车。我坐在车掌小姐身后的位子上,张皇地看着窗外的景物,直到看见了仁爱路上的椰子和木棉,才稍稍放松心情。

公车到站的时候,就读小学三年级的大侄女在站牌下等我,带我到堂哥家里。堂哥当时住在铜山街三十三巷一号,是一栋两百坪的日式平房,屋前的庭园种着正在盛开的花草,门口的两边各种了一株数丈高的椰子树,那时正结满了椰子。屋后的院子是水泥地,让小孩子玩耍。

初到台北时寄住在堂哥家里时,堂哥让我住在庭园边的小房间里，每天从窗口都能看见那两株高大到几乎难以攀爬的椰子树。那时的堂哥正当盛年，意气十分风发，拥有一家规模极大的石棉工厂和一家中型的水泥厂。他曾在故乡担任过一届县议员和两届省议员，受到普遍的尊敬。我非常敬爱他，虽然我们的年龄相差很大，观念也不太能沟通，甚至在家里也很少交谈，但是我每天看他清晨在园中浇水，然后爱惜地抚摸椰子树干，心里就充满了感动。

有一次我们坐在一起听音乐，同时看着窗外，目光不约而同落在椰子树上，堂哥的脸上突然流过孩子一般天真的笑容，对我说："你看，这椰子是不是长得和家里种的一样好？有人说台北的椰子不结果，可我种的一年可以生一百多粒呢！"我点头表示同意，他随即感喟地说："可惜这椰子长得太瘦了，没有我们家的强壮。"

接着我们沉默起来，黄昏逐渐退去，黑暗慢慢地流进来。

我找到过去住的铜山街，门牌的号码早就更换了。堂哥的房子被铲平，盖成一栋七层的大楼，不要说椰子树，连一朵花都看不见了。

我在堂哥家住了一年，直到我考上郊区的学校才搬走。接着是台北空前的经济低潮，堂哥的实业纷纷因负债而被拍卖，甚至连住的房子都保不住。房子要卖之前我去看他，他仍像往常一样乐观，反过来安慰我："大不了我回家种田就是了。只是砍掉这两丛椰子，实在可惜。"

那一次卖房子对堂哥的打击很大，他的身子没有以前健朗，加上租屋居住，时常搬家，使他的性格也变得忧郁了。他把最后的积蓄投资在建筑业，奋力一搏，没想到遭逢建筑业不景气，反而使他一病不起。

他过世的前几天，我到医院看他。他从沉沉的午睡中惊醒，那时他的耳朵重听，身体已不能动了，说话十分吃力，看到我却笑了一下。我俯身听他说话，他竟说："我刚刚做了一个梦，梦见乡下的粉肠和红糟肉，你小时候我带你去吃过的，真是好吃。"说完，失神的眼睛仿佛转回了故乡那一担以卖粉肠和红糟肉闻名的小摊。

第二天，我带粉肠和红糟肉给他吃，他只各吃了一口，就流下泪来，把东西放在病床一角，虚弱地说："真是不如我们乡下的呀！"他默默地流泪，一句话也不肯再说。

一个星期后，堂哥过世了。

他留下来的最后一句话是："赶快把我送回乡下去埋葬吧！墓前种两丛椰子树。"

堂哥留下四个孩子，当年在站牌下等我的大侄女如今已是大学四年级的学生，时间就这样流逝，好像清晰如昨日，没想到已经十几年了。

静夜里我常想起堂哥的一生，想到他和椰子树那不为人知的情感，令我悲伤莫名。或者他就是从乡间移植到城市的一株椰子树，经过努力灌溉，虽然也结果，却不免细瘦，在整座城市与时间的流转中，默默地消失了。

我沿着铜山街，一步一步走到底，整条街上竟看不见一株椰子树，而仁爱路上的那些，没有一株会结果。

走出铜山街，抬头见到满天的小星星，忆起童年常唱的两句歌词："一闪一闪亮晶晶，满天都是小星星。"星星还是一样的星星，可是星星知道什么呢？星星知道人世里的一株树有时会令人落泪吗？

我突然强烈地思念故乡,想起故乡的木棉和椰子那落地生根的力量,想起堂哥犹新的墓园以及前面那两株栽种不久、还显得娇嫩的椰子树。

等到那椰子成熟,会不会长出更多的椰子树呢?那上面,永远都会有微笑闪动的光明的星星吧!

一九八四年十二月

落地生根

塞林格的《麦田里的守望者》书页里突然飘下来一片东西，褐色的，从桌面上轻轻地跌在地上，没有一点声息。

我俯身捡拾，原来是一片叶子，已经没有水分，叶脉呈较深的褐色，由叶蒂往四面伸展。

最可惊的是，每一条叶脉长到叶的尽头，竟突破了叶子，长出又细又长的根须出来。数一数，一片小叶子正好长了十六条根须。我把这片叶子夹回我少年时代读的《麦田里的守望者》书中，惊奇地发现，那些从叶子里伸展出来的根须正好布满一整张书页的大小。在还没有突出书页的时候，它用尽了一切力气，死亡了。

那一片叶子属于"落地生根",一种最容易生存的植物。

我坐在书桌前,看着这一片早就枯死多年、而根须还像喘着气的叶子,努力追想着这一片叶子进入书中的最后一段历史。

"落地生根"是乡下极易生存的植物,在我的故乡,沿着旗尾溪的河堤,从河头围到河尾,全是用巨石堆叠出来的。河堤下部用粗大的铁丝网绑了起来,由于全是石头,河堤上几乎寸草不生。

奇怪的是,在那荒瘠的河堤上,却遍生了"落地生根"。从石头的缝里,"落地生根"孤挺地撑举出来,充满浓稠汁液的绿色草茎直立着,没有一株是弯曲的。肥厚的叶片依着草茎一片片平稳地舒展,颜色不是翠绿,而是一种带着不易摧折的深深的绿色。

最美是春天。"落地生根"像互相约定好的,在同一时间开出花朵。花是红色的,但有各种不同的层次,有的深红,有的橙红,有的粉红,有的淡红。花的形状非常少见,像在一串花柱上开出数十朵甚至数百朵的花,形状像极了长长的、挂在屋檐下的风铃。

我童年的时候,天天都在河溪边游徜,累了就躺在河堤上晒太阳,那时春天遍生遍开的"落地生根"与其美丽而不流俗的花，常常让我注视一个下午。黄昏的时候，傍晚微凉的风从河面拂来，花轻轻地摇动起来。人躺着，好像能听到在一串风铃的花间响动着微微的音乐，惊醒的时候才知道是河的声音，或者也不是河的声音，而是植物的内语，只有很敏感的儿童才能听见。

夏季的时候，"落地生根"的花朵并不凋落，而是在茎上从红色转成深深的褐色，一粒粒，小小的，握紧着拳头。坚实的果实外壳与柔软的花是全然不同的，果实中就包藏着"落地生根"有力的种子，不论落在何处，都会长出新的草茎，即使是最贫瘠的石头缝也不例外。

除了种子以外，"落地生根"用任何方法都可以繁殖，它身上随便一片叶子、一段草茎，只要摘下埋在土里，就会长出一株新的"落地生根"。即使不用种子，不用茎叶，它的根所接触到的土地，也会长出新的植物，并且每一株还有更多的茎叶与花果。

我在刚刚会玩耍的时候，就为"落地生根"那样强悍的生长力深深地感动了。我们常常玩的游戏就是挑选那些长得最完满的叶子，夹在书页当中，时常翻看。每回翻开，"落地生根"从叶脉中衍长出来的根须就比以前长了一些。有时夹了几个星期，

"落地生根"的叶子也不枯萎,而只要把它丢在土里,它就生发萌动,成为一株全新的植物。就是它这种无与伦比的力量,使我不论走到多远,常在梦里惦念着旗尾溪畔的堤防。"落地生根"不只长在堤防上,而是成为怀念故乡的一种鲜明植物。

我手里这一片"落地生根"的叶子,是我在十五年前夹入《麦田里的守望者》这本书的。

那一年,我离开家乡到台南去求学,开始过孤单而独立的生活。假期的时候我回家,几乎每天都到堤防上去散步,看着欣欣向荣的、和石头缝隙苦斗的"落地生根",感觉到它们是那样脆弱,一碰触,它的茎叶就断落了。同时也理解了它们永远不死的力量,因为那断落的茎叶只要找到机会,就会在野风中生长。小小的"落地生根",给我在升学的压力里带来极大的前进的鼓励——我想,如果让我选择,我不愿意做一朵开在温室里的红色玫瑰,而宁可做一株能在石头缝里也成长开花的"落地生根"。"落地生根"虽然卑微,但它的美胜过了玫瑰,而且它是无价的。

我就读的高中是在台南离海边很近的地方,土壤里含着浓重的盐分,几乎是花草不生的所在。只有极少数的植物,像木麻黄、芙蓉花、酢浆草、凤凰花，还有一些不知名的野草，能在有盐分的土地上活着，但大多显出营养不良的样子。

那时学校没有自来水，我们的饮水全靠几辆水车从市区运来的淡水。学校里水井抽出来的水仅供沐浴洗衣，常是浑浊的，夹带着泥味，并且是咸的。我清楚记得的，雨后的校园被太阳晒干以后呈现一片茫茫的白，摸起来是一层白色的结晶盐。饮水与土地的贫乏，常使我在黄昏的校园漫步时，兴起天地苍茫的感叹。

有一次，我带着影响我少年时代思想的一本书——就是塞林格的《麦田里的守望者》——到故乡的堤防上去看"落地生根"。正是开花的时节，我想着："这样有生命力的植物，在充满盐分的土地上是不是能够生存呢？"便随手摘下几片夹在书页里，坐着当天黄昏最后一班客运车赶回学校，第二天就把"落地生根"种在学生宿舍后面的空地上，让它长在有盐的地上，每天用有盐分的水浇灌。

"落地生根"的叶子仿佛带着神奇的化解盐分的力量，奇迹似的，存活了，长得比学校里其他任何一株植物还要好。在我高三那年的暑假，甚至开出风铃一样美丽的花朵。我坐在那些开在角落里的"落地生根"旁边，在学校师生都不知道的地方，抓起一把带盐的泥土深深地闻嗅,感动得满眼泪水。我含着泪对自己说:"人要活得像一株'落地生根',看起来这样卑微,但有生命的尊严;即使长在最贫瘠的土地上,也要开出最美丽的花;在石头缝里,在盐分地带,也永远保持生存的斗志。"

我便是带着这种心情离开了海边的学校。我在学校里不算是好学生,但在心底深处埋下了一颗有理想的种子:像一株不肯妥协的"落地生根"。

书页里的这一片叶子,是十五年前我忘记种在学校的最后一片叶子,遗憾的是,它竟然在书里枯萎。至于它的兄弟,我至今仍然不知是否还活在男生宿舍后面那片荒芜的空地里,或者早已死去,但这并不重要,因为它伴随那一段艰苦有压力的少年岁月一起活在我的心中。

我今天能够实现一个坏学生最好的可能。那一条石头堤防,那一片含盐的贫瘠土地,那一株株有力的"落地生根",都曾经考验过我、启示过我。

十五年前,我愿意做一株"落地生根",现在仍然愿意,并且牢牢默记着自己含泪的少年誓言。

在《麦田里的守望者》的扉页上，我曾写下这样几句话：

> 没有人是一座孤岛，
>
> 每个人都是大陆的一部分。
>
> 没有鸟是一只孤鸟，
>
> 每只鸟都有着共同的天空。
>
> 没有鱼是一条孤鱼，
>
> 每条鱼都生活在大的海洋。
>
> 没有一片叶子是孤单的，
>
> 只要有土地，植物就能生长。

我把最后一片"落地生根"夹进书中，把书放进书架。十五年就这样过去了，而对我少年时代的怀念却从书架中涌动出来。我仿佛看见一个蹲在角落的少年，流泪地、充满热望地看着自己亲手种植的植物，抬头看着广大的、有待创造的天空。

一九八四年五月十六日

阴阳巷

有一天我到巷口倒垃圾的时候，看到我的房东正在垃圾堆里找东西，我以为他遗失了什么贵重的物品，后来才知道他是在翻寻一些旧报纸、硬纸板、酒瓶、宝特瓶，要卖给收破烂的人。他微笑着告诉我："一天可以捡到三十几元呢！"

那发生在我刚刚租了新居不久。后来我常和房东聊天，才慢慢了解了这位看起来十分贫穷、实际却非常富有的都市乡下人。

房东原来在安和路有一块不小的地，他从小就在那里辛勤地种稻，抚育几个子女成长。子女长大以后纷纷去海外了，只留下这位孤独的老人。都市的脚步有点像汽车疾驶，一路从忠孝东路、仁爱路、信义路、新生南路、复兴南路、敦化南路开过来了，在房地产业最兴旺之时，连安和路的稻田地价都一日数涨，涨到连房东都瞠目结舌的天文数字。时常有土地掮客跑来打他的主意，劝他把土地卖了，可以好好安享晚年。

房东原本还坚持耕种土地，理由很简单："卖了地，要做什么工作呢？"但是由不得他，他的土地四周，一栋栋高楼霸气地围绕起来。到最后，他站在地里几乎已经见不到外界的阳光了。稻作一年的辛苦耕耘，也几乎不能维持生计了。

他对我说："我的土地还是不卖，给建筑公司盖房。"根据估计，房东的土地可以盖两栋七层的大楼，每栋四间，共二十八户。他独自分到一栋楼的三层，总共六户。这些楼房目前的售价，一户是三百万元左右，也就是说，他的不动产将近两千万元。

我去租房子的时候，很难相信眼前这位穿旧衣、跋拖鞋的老头儿是这大楼一半的主人。他把房子全租给别人，每户一万五千元左右，每个月的收入近十万元。

我们的房东并不住在自己的新房子里，而是每月花两千元在大楼对面租了一间低矮的平房，内部幽幽暗暗，大约只有五坪大。我原先以为他不习惯住大厦，后来才知道是为了省钱，他说："我只有一个人，住这样的房子足够了。"

更妙的是，我们几家住户为了安全起见，想要请一个大楼管理员，这事被房东知道了，他不允。原因后来我们才知道，是他自己想当管理员。"这楼有一半是我的，当然由我自己当管理员。"于是，这位"当然管理员"自定管理费，举凡大楼的清洁、公共电费、更换抽水马达，全是他一手包办，从不经过住户同意，先执行，再来收费。住户虽有怨言，也懒得与他争辩，因为他最后总是说："这大楼有一半是我的。"

房东先生在日据时代没有机会受教育，除了算钱方面非常清楚，其他大字一个不识。有一天他来我家敲门，说要请我帮忙。支支吾吾半天，我才搞清楚，他要请我帮他写一级贫民的申请书。他不知从哪里听说，没有职业的人可以申请市政府的社会补助。我听了不免大笑，对他说："如果你也算是一级贫民，那我们都要到街上去当乞丐了。"他才打消了做一级贫民的念头。

说起来，我们的房东并没有错，而是我们的社会突然之间转变得太快速，令他无法适应。由于五六十年来俭省的生活，要说他舍不得花钱，也不尽然，有时是无从用起。他失去了土地，每天仿若游魂一样，在垃圾堆里捡拾可出售的字纸。到了夜里，则自己搬一张椅子坐在幽暗的马路旁边挥着纸扇。尤其是夏天，他时常呆坐一夜。有时我夜里回家，看到角落里一条又瘦又长的黑影，竟如同翻开一张上个时代的老相簿，看到一个时代的流光余影。

房东的房东，则比房东贫穷，是才从乡下搬迁来都市不久的农人。他们花月租五千元租到一个平房，大约有三十坪大小，本来一家祖孙三代人口住起来已经勉强，为了俭省，硬是划出五坪来租给我的房东。

这家人原本在嘉义务农，因农村生活不易，才来都市谋生。他们姓简，简单的简。简老先生仗着自己和儿子在农田锻炼的强健体魄，到都市新建大楼的工地上游牧般地打着零工。生活对他们来说仍是艰困的，因此老伴和媳妇不得不夜里到通化街上卖沙茶牛肉。白日里，那勤勉的媳妇则为人洗涤衣裳，我们附近的大楼里，所有家庭的衣服全由他的媳妇收洗。

每天早晨，简老先生和儿子出门上工地，简老太太开始把砧板、椅子搬到门口的马路边，将一大块一大块的牛肉切成细片，并且熟练地切着成捆成捆的菠菜，剁碎辣椒、葱蒜等等。她的媳妇就着水龙头洗着堆积如山的衣服,四个儿女则在附近的停车场玩耍,是一幅都市角落里真实生活的图绘。

夜间,简老先生和儿子放工回来,一家人推着摊车到通化街去,要忙到深宵才回来。他们是那样坚强沉默地生活着,常常几天里听不见一家人说一句话,尤其是那个年轻的媳妇,令我印象深刻——她早上洗衣,下午帮婆婆准备牛肉摊子,晚上则在摊边掌厨;她只有一只眼睛,皮肤红里泛黑,是典型的农村壮妇。每次看到她的辛劳,我总感觉到自己的卑微,深知许多小人物的伟大是不用一言一语就散发出来的。

有时候,媳妇把衣服送来我家,随便坐坐,也会逗我们的孩子玩耍。她会在无意间谈起他们的乡间生活以及一家人贫穷而安乐的过去。有一回谈着谈着竟落了泪,不是因为不能适应都市,而是说道:"我们一家人在乡下,因为耕田的缘故,根本是不吃牛肉的。没想到来了台北,却靠卖牛肉为生,我担家(公公)常因为这样而痛心着。"忍不住泪水就模糊了眼睛。

那时我从一个媳妇的口中,真切体会到在乡下疼惜耕牛的老人如今却卖起牛肉的心情。

她的先生几年来仿佛没有开过口，有力气的中年身躯，放工的时候蹲在门口一口口吞吐着香烟。他蹲踞的姿势还是非常乡间的，就像围在庙口蹲在地上和人下象棋的样子，只是眼前没有象棋，而村人与庙则在他的烟里，升进屋顶的一角。偶尔打起自己的孩子，也像是泄气，一个巴掌五条红印，我在都市就没有见人那样打过孩子。他是那种爱着孩子也不会表达的人。有一次看他打得孩子号啕，自己就在墙角里揉着眼睛，后来他的太太才告诉我："他是气孩子不像在乡下时那样单纯了。"

我想，他如果用乡下的标准来看待这个变动的城市，来衡量自己的孩子，恐怕永远要蹲在门口沉默地抽烟了。

在我们的巷口另有一间小屋，由于占地太小又呈不规则的三角形，所以不能像一般的土地盖起大楼。屋中住了一家四口，以洗车为业，家长是退伍军人，显然与妻子的年龄相差不少，一对儿女各在中学小学就读。他们每天天不亮就沿着整条街洗过来，儿女一起帮忙，一直工作到天亮，小孩子去上学，父母则继续在小屋门口洗那些零星的车，直到天黑才收起水桶回家。

不要小看这洗车的行业，有一次，家长告诉我，他们辛苦工作，一家人合起来也有五万元收入，远远超过一般的职员。他感叹地说："有车子的人自己都是不洗车的。"过了几年，他们搬迁新家，就住在街对角的大楼里，全是用洗车钱买下来的。那里的地价，一坪接近九万，可是他们每天还是出来洗车。工作是那样辛劳，但想起他们得到的回报，使我觉得在这寂寞都市中，还有很多充满热情工作着的人。

对于住在我家附近、生活劳苦卑微的人，我有较多的了解。但与我住在同一大楼里的人家，我就所知很少了。住了四年多，我只认识了三户。原因很简单，因为大家每天都大门深锁，偶尔见面连招呼都不打，反而不如住在平房的人那么亲切。

我认识的第一个邻居，是住在我对门的夫妇，到现在我还不清楚他们的职业。只见邻人太太每天牵着北京狗在附近散步，不管什么时候她都是盛妆的，脸上整洁、衣着光鲜，仿佛随时准备赴宴。他们夫妻还算亲切，但是问起在何处工作，则全都神秘地笑笑。

我想他们不论做何工作，麻将一定是他们的副业。一年三百六十五天里，几乎有三百六十天，隔壁会传来吵人的麻将声，夜里固然是打麻将的好时间，清晨或中午也常常麻将声不断。他们的牌搭子都是陌生的面孔，川流不息。一个家庭打麻将到这种地步，还是我所仅见。

深夜工作时，听到隔墙传来的麻将声，我总为这整个都市深深地悲哀。难道除了麻将，没有别的事可以做了吗？问题是，我从来不知道他们除了麻将还有什么别的事，也许，将来也不会知道。

住在我楼上的是一位歌星，是我住了两年才知道的。我过去总为楼上弦歌不断感到纳闷，以为住了一位热衷于歌唱的少女。夜里独坐阳台，就如同在欣赏流行歌曲表演，唯一不同的是，这表演一再重复，有时一首歌唱了百次。

有一回看了周末下午的无聊电视综艺节目，坐电梯时赫然看见楼上的少女，她的脸孔是在刚刚的电视里看见的，这时才知道她是一位歌星，而且名气还不算小。

"刚刚在电视上看见你唱歌，你的歌唱得不错。"我说。

她嫣然地笑起来，颇以能被邻人认出而高兴的样子，我们就是这样认识的。

和一般的歌星相同，她的脸时常都是五彩缤纷，像是刚从舞台归来或正要上台的样子，身上的香水足以令意志薄弱的人窒息——我每次独坐电梯闻到浓浓的香水味，就知道我的歌星邻居刚刚出门了。

歌星开着一部深蓝色的宝马大轿车。她的作息时间不定，唯一知道的是她每天练歌不辍。听说她来自东部一个偏远的乡下（是在报纸上知道的），已经在这个复杂的圈子里唱了十几年。报纸上还刊出她出道不久时清纯的相片，那张相片与她现在的样子简直无法联想了。

看到歌星，我脑子里就浮起无以数计的乡下少女，她们做着明星的美梦，依据着电视来改变自己，脸上的化妆和电视上的一样，身上的衣服依据电视上的剪裁，甚而一举手一投足全是模仿着电视。有一天她终于上了电视，就和原来的自己远远不同了。我的邻居歌星算是幸运的，虽然没有机会出唱片，没有机会成为当红的歌星，或没有自己的歌，但听说她也是秀约不断，能在灯红酒绿的舞台上演唱了。

我认识的第三户邻居最近搬走了。

他原来是一家房地产公司的老板，每天西装革履，开着一部意大利的法拉利跑车，是白色的，车身上还喷了一只振翅的老鹰，和他的人一样飞扬。前几年房地产业好的时候，他拥有不少房子，也挣了很多钱。不知道为什么，短短一年，不但钱赔光了，房子让给别人，连唯一的住所也廉价卖掉，不知搬往何方。

我大楼的邻人们是目前典型的台北人，他们打一圈麻将，踩一下油门，唱一首歌，可能是住在对面矮屋里的邻居苦苦工作一个月的代价。那些矮屋中的人是"都市的乡下人"，他们住在都市，心情还是乡间的，甚至连生活方式也简单一如乡下。大家住在同一条巷子里，生活却天差地别。我有时很能体会对面坐在阴暗角落里的邻人们生活的实质，有时又仿佛知道住在大楼中的人对生活的无奈。

如果我们愿意留心，在这个都市中，到处都是"阴阳巷"，都是与生活挣扎搏斗的痕迹。走在都市里，其实就像走在一本书架上的相簿里，有时是黑白的，翻了几页突然看到一页彩色。黑白自有其美，彩色也有虚妄的一面。

问题是，黑白页里的人往往向往着彩色，而有了彩色的人又都忘记了他们在黑白照片中的一段日子。

这是台北,而且是一九八四年的台北。

奥威尔正躲在一个黑暗的地方,冷冷地微笑。

一九八四年四月二十日

形　式

去钟表店买表，看了半天，感觉所有的表款式都很普通，我问："有没有款式比较特殊的手表？"

中年店主笑了起来："款式最特殊的手表，通常是最不准的。"他把手伸出来给我看，上面戴着一只极老的腕表，厚重而老旧，他说："这是三十年前的手表了，款式最普通，结构最简单，时间也很准，唯一的缺点是每天要上发条。"

开表店的人，自己戴着三十年前的旧表，我觉得不可思议，但是他说："只要时间准确，表的形式有什么关系呢？"

素来看电影，我总觉得三十年代的事物什么都好看，衣饰、发型、装潢、颜色、汽车种种，几乎无一不美，既古典又高雅。有时想想真是不懂，为什么"进化"到现在的样子呢？

尤其是汽车，最令人着迷。全钢的车身，桃木的方向盘，牛皮的座椅，山形的车头，椭圆的顶，以及全是用木板精雕的内部装潢……不管是什么牌子的汽车，只要是三十年代的产品，没有一辆是不美的。

有一回到美国的环球片厂参观，看到许多三十年代的汽车，辆辆都像是艺术家的雕刻，让人流连忘返。

朋友有一辆三十年代的奔驰汽车，每次开出家门总引来围观，看见的人无不赞叹："真美的一辆车呀！"

既然那旧有的形式是艺术一样的创作，而且是公认为美的，为什么如今人们不再保有那种形式呢？据说是因为风阻系数的关系，旧有的形式吃风厉害，是无法舍命奔驰的，为了求快，只好放弃艺术的形式。

为了求快，吃的艺术快餐化了；为了求快，衣的艺术工厂倾销化了；为了求快，住的空间僵化了；为了求快，车的艺术失落了。

我们能不能慢一些呢？能不能喝一圈功夫茶再走呢？

能不能，也要一点形式呢？

就在这两三年间，台北人迷信服装的"名牌"，于是欧洲、美国、日本的各种名牌就泛滥起来了。

注意听女士们的对话，最能发现这种改变。

以前，她们见面常问：

"你这衣服真好看，在哪里买的？"

现在她们说：

"你这衣服是什么牌子？真好看！"

假如告诉她这是某某牌子，确是名牌，接着她会说："我就说嘛！我一看就知道你这衣服是名牌，台湾哪里做得出这种样子！料子也好，台湾哪里有这么好的料子！"

万一告诉她这是在外销成衣店里买的廉价品，她会说："唉呀！真是做梦也没想到台湾能做出这样的衣服，只可惜料子是差了一些，款式好像也是去年的。"然后她拉起别人的衣服，俨然评论家，"你看，这手工比起某某名牌就差多了，名牌总有名牌的道理呀！"最后她会来一段"名牌经"，背诵如流，令人吃惊。

我有时候隔几天就遇见这样的女人,吓得人冷汗直冒,她们老是劝我:"不要老是到外销成衣店买衣服,你总要有几件叫得出牌子的衣服。"

这使我想起一件往事。有一位爱恶作剧的朋友,总是把劣质的白兰地装在喝空了的轩尼诗干邑的瓶子里,专门用来对付那些只知道牌子而没有品味的人。他们喝了一口后,往往齐声啧啧,赞叹不已:"呀!到底是干邑,喝起来就是好!"然后朋友和我相对微笑:"对啊!要不是你常喝干邑,还喝不出它的好处哩!"

这样喝酒的人,他喝的不是酒,而是酒瓶。

那样穿衣的人,她穿的不是衣,而是标签。

最可悲的是,那些自以为懂名牌的女士们并不知道,在国外,真正高级的名牌是从百货公司买不到的,只在专门店里出售。她们买到的只是衣服的广告,不是衣服。

这是一个广告的时代,是牌子的时代,也是包装的时代。

小时候,大人们常说:"到店仔头那里,打一斤油回来!"我们就提着瓶子到街上,看打油的人从硕大的油桶中打一斤油。

现在不行了,没有牌子的油可能是米糠油,可能有多氯联苯。

以前，大人们常说："到店仔头那里，买一斤红豆回来！"我们就跑去叫人称一斤红豆回家。

现在不行了，红豆也要包装，还打上有效期限，否则可能是坏的。

以前，大人们常说："到店仔头那里，买一斤糖回来！"

现在不行了，现在的糖不纯，要看清是台糖的才行！

以前，大人们叫我们去买东西，是不必付钱的，和店仔头一年结算一次，小孩子去拿东西，店主只要在上头写道："某月某日老二打油一斤！"到年尾时，双方绝不会有争议。

现在不行了，店仔头的主人怕有人随时经济犯罪逃跑了，不肯记账。买东西的人则学会了买牌子，而且要带足现金——现代人是不能信任的。

什么牌子最好呢？

就是那广告做得最大的牌子最好。

什么品质最可靠呢？

就是那包装包得最美的品质最好。

现在如果有人用大桶子卖油、卖豆子、卖糖，保证他三日倒店，因为人与人间没有信用可言，只有以牌子做信用，以包装做信用。

有一个做洗发精的朋友告诉我，他用十元做洗发精，用三十元做瓶子，用一百元做广告，才能成功——反之，如果有个人用一百元做洗发精，用十元做瓶子，用三十元做广告，那他注定要失败，因为，谁知道你的洗发精是真正好的呢？

拍电影也是一样，那声称耗资三千万元的，真正拍戏的只有五百万元，其余都是广告。做哪一行都是一样的吧！在这个混乱的时代，大学教授常被误认为是流浪汉，而流氓们又常被误认为是知识分子。

财阀们最常使用慈善家包装，而且用伪善来做爱心广告。

我到一家极负盛名的素菜馆吃饭。

隔壁坐了一位和尚和两位居士，其中一位腹肥如桶的居士突然谈起另外的和尚，那袈裟穿得笔挺的和尚不屑地冷笑："呀哈，那人虚有名声，文章也写不通，说话又结巴，当什么和尚！"这使我竖起耳朵，接着，三人把那和尚批评得一文不值，又批评了别的和尚。

后来，他们谈到盖厂。

胖居士说："上次盖那座厂，真是大赚了一票，到现在遇到人就请吃馆子，吃了几年还没吃完哩！"

瘦居士说："怎么那么有赚头？"

"嘿！这简单，厂里供千手观音，先给信徒认捐嘛，一只手一万，一千只手不就一千万了吗？还有，一支柱子一百万，找十个人每人捐十万，一共八支柱子，不又是八百万了吗？事实上，盖厂哪里用得着那么多，剩下的，真是一辈子吃不完……"

我不忍再听下去，只好站起来，正要走开时，一名残疾人到和尚那桌去卖奖券，胖居士习惯地挥挥手说："刚刚买过了。"残疾人困难地走向另一张桌子。

每次到厂里虔诚地烧香时，我总想起那素菜馆里的胖居士，深深地为他们悔罪。如果连敬佛盖厂都是敛财的形式，那么信徒执香礼拜时都要颤抖吧！

我拿起一本书来看，里面这样写着：

"在狗儿的眼中，人人都是拿破仑，所以养狗之风盛行。"

"预见祸害的人,必须承受双倍的痛苦。"

"势利者绝不会有真正的快乐,也不会有真正的悲哀。"

"人之所以寂寞,是因为他们不去修桥,反而筑墙。"

"欲望是奢侈的奴隶,灵魂不需要它。"

"没有住址的人是流浪汉,有两个住址的人是放浪者。"

"求知者走过人类,如同走过兽类。"

"人与人间的距离,比星与星之间的距离更大。"

……

所有的人生的格言,不都是一种形式吗?

这原本是个形式的时代,不是内容的时代;这是智慧的时代,也是愚蠢的时代;这是广告的时代,也是包装的时代;这是伪善的时代,也是失去信用的时代。

光明与黑暗的时间交缠,希望的春天与绝望的冬天同时存在。

生在这个时代的人要像螃蟹一样,看起来是来了,其实是向远方走去。

要像一颗枪弹,表面越"光滑尖嘴",越射得远。

要像一只蝴蝶,外表越美越好,才能四处穿梭。

要像一只黄莺，只报告美丽的声音。

要像外交家，在记得女人生日的时候，忘记她的年龄。

要像……要像一只香水的瓶子。

否则，是难以成功的吧！

一九八五年四月四日

锦　鲤

路过鱼店的时候,我看到两缸锦鲤鱼的鱼缸摆在一起,两缸鱼的花色均十分美丽,大小也接近,标价却不同,一缸写着"每尾五元",另一缸写着"一对六十元"。

"这标价是不是贴错了?"我问老板。

老板特别俯首看了标签,说:"没有错呀!左边的这缸,一尾五元,右边的这缸一对六十元。"

"这鱼看起来都一样是锦鲤,为什么价钱差那么多呢?"

"都是锦鲤没错,你看,两缸的颜色不同,锦鲤的价钱是由颜色来决定的,从一孵化出来就已经决定了。举个例子说,市场里的鲤鱼,一条只要几十元钱。但像那么大的锦鲤,如果颜色好,一条可能卖到几十万元。"

老板还告诉我,那两个鱼缸里的锦鲤是同一批孵出来的,一出生,价钱就差了六倍,如果养到一斤重以上,可能价钱就差了千倍,甚至万倍。我再仔细地看了那些锦鲤,发现便宜的那些,颜色比贵的那些并不逊色,不禁大惑不解:"怎么决定颜色好坏呢?"

"颜色倒没有一定的啦!一般说来,有三种评定的方法:一是纯色最贵,例如纯金、纯银、纯黑、纯白,或纯红;二是杂色均匀,如果有不同的颜色,要均匀才好;三是颜色明晰,不论是纯色或杂色,都要清晰,有透明感。不符合这几个条件的,就被淘汰了,一般在街边给小孩子捞的锦鲤都是被淘汰的,只能活上三两天。我正准备把这一缸拿到市场去摆摊呢!"

我蹲下来,痛心地看那些已被淘汰仍快乐不自知的锦鲤幼儿,它们一生下来,颜色就注定了悲惨的命运,连奋斗向上的机会都没有,使我想起人世的不平不仅在人,也在各有情众生。人还算是幸运的,在不平中犹能奋力一搏,有所转机,众生却在无知中被牺牲了。

而且，我看那些被淘汰的锦鲤，有的真是很美，从艺术创造的观点看，它们有独创性，胜过那些价钱高的锦鲤——这样想来，人有什么资格用自己的主观来决定鱼的命运呢？我决定养一些鱼，就养被淘汰的那些。

我买了鱼缸和一切设备，并且叫老板帮我捞十条鱼。

"什么颜色的？"他问。

"都可以，我并不计较颜色。"

结果，我得到的十条鱼和它们的缺点是这样的：两条红黑相间的，因红色太淡，被认为色彩不清；有四条红色的，被认为尾巴太大，身材不好；两条红色的只有背部滚了黑边，长相过于奇特；一条红色的，偏偏脸只白了一边，十分荒谬；另外一条则长得和一般鲤鱼没有两样，有红色尾巴。

我把鱼养在缸里，每一只都长得活泼可爱，现在已经比我刚买回来时大了一倍，颜色更加奇异起来。每当朋友来看我的鱼缸，无不赞美有加，说："没有看过颜色长相这样奇怪的锦鲤，是在哪里找到的？"言下颇有稀世之珍的意味。

我有时开玩笑说："一般说来，锦鲤有三种评定方法：一是色彩有独创性，要找那天下独一的颜色最贵；二是长相特别，像这四条尾巴比身体大的锦鲤是很少见的；三是……"说得朋友一一点头称是。在我的观念里，任何锦鲤都是一样，它们是生命。生命的可贵等值，我是不在乎肤色的。

前几天我再度路过鱼店，看到那缸六十元的，正养在店中的水池里，而那缸五元的锦鲤早就一尾不剩了。我站在空鱼缸旁边，不禁悲从中来。

一九八五年二月十八日

迷路的云

一群云朵自海面那头飞起,缓缓从他头上飘过。他凝神注视,看那些云飞往山的凹口。

他感觉着海上风的流向,判断那群云朵必会穿过凹口,飞向另一海面上夕阳悬挂的位置。

于是,像平常一样,他斜躺在维多利亚山的山腰,等待着云的流动;偶尔也侧过头,看努力升上山的铁轨缆车叽叽喳喳地朝山顶开去。每次如此坐看缆车,他总是感动着,这是一座多么美丽而有声息的山。沿着山势盖满色泽高雅的别墅,站在高处看,整个香港九龙海岸全入眼底,可以看到海浪翻滚而起的浪花。远远地,那浪花有点像记忆里河岸的蒲公英,随风四散,就找不到了踪迹。

记不得什么时候开始爱这样看云,下班以后,他常信步走到维多利亚山车站,买了票,孤单地坐在右侧窗口的最后一个位置,随车升高。缆车道上山势多变,不知道下一刻会有什么样的视野。有时视野平朗了,以为下一站可以看得更远,下一站却被一株大树挡住了;有时又遇到一座数十层高的大厦横挡视线。由于那样多变的趣味,他才觉得自己幽渺的存在,并且感到自身存在的那种腾空的快感。

他很少坐到山顶,因为不习惯山顶上那座名叫"太平阁"的大楼里吵闹的人声,通常在山腰就下了车,找一处僻静的所在。能抬眼望山,能放眼看海,还能看云看天空,看他居住了二十年的海岛和小星星一样罗列在港九周边的小岛。

好天气的日子,可以远望到海边豪华的私人游艇靠岸,在港九渡轮的扑扑声中,仿佛能听到游艇上的人声与笑语。在近处,有时候英国富豪在宽大翠绿的庭院里大宴宾客,红粉与鬓影有如一谷蝴蝶在花园中飞舞,黑发的中国仆人端着鸡尾酒,穿黑色西服打黑色蝴蝶领结,忙碌穿梭,找人送酒,在满谷有颜色的蝴蝶中，如黑夜的一只蛾，奔波地找着有灯的所在。

如果天阴，风吹得猛，他就抬头专注地看奔跑如海潮的云朵，一任思绪飞奔：云是夕阳与风的翅膀，云是闪着花蜜的白蛱蝶；云是秋天里白茶花的颜色，云是岁月里褪了颜色的衣袖；云是惆怅淡淡的影子，云是愈走愈遥远的橹声；云是……云有时候甚至是天空里写满的朵朵挽歌！

少年时候他就爱看云，那时候他家住在台湾新竹，冬天的风城，风速是很激烈的，云比别的地方来得飞快，仿佛赶着去赴远地的约会。放学的时候，他常捧着书坐在碧色的校园，看云看得痴了。那时他随父亲经过一长串的逃难岁月，惊魂甫定，连看云都会忧心起来，觉得年幼的自己是一朵平和的白云，由于强风的吹袭，竟与别的云推挤求生，匆匆忙忙地跑着路，却又不知为何要那样奔跑。

更小的时候，他的家乡在杭州，但杭州几乎没有给他留下什么印象，只记得离开的前一天，母亲忙着为父亲缝衣服的暗袋，以便装进一些金银细软。他坐在旁边，看母亲缝衣。本就沉默的母亲不知为何落了泪，他觉得无聊，就独自跑到院子里，呆呆看天空的云，记得那一日的云是黄黄的琥珀色，有些老，也有点冰凉。

是因为云的印象吧！他读完大学便急急想留学，他是家族留下的唯一男子，父亲本来不同意他的远行，后来也同意了。那时留学好像是青年的必经之路。

出发前夕，父亲在灯下对他说："你留学也好，可以顺便打听你母亲的消息。"然后父子俩红着眼互相对望，一句话也说不出口。

他看到父亲高大微偻的背影转出房门，自己支着双颊，感觉到泪珠滚烫迸出，流到下巴的时候却凉了，冷冷的，落在玻璃桌板上，四散流开。那一刻他才体会到父亲同意他留学的心情，原来还是惦记着留在杭州的母亲。父亲已不止一次忧伤地对他重复，离乡时曾向母亲允诺："我把那边安顿了就来接你。"他仿佛可以看见青年的父亲从船舱中含泪注视着家乡在窗口里愈远愈小。他想，倚在窗口看浪的父亲，目光定是一朵一朵撞碎的浪花。那离开母亲的心情，应是自己留学前夕与他面对时相同的情绪吧！

初到美国那几年，他确实想尽办法打听母亲的消息，但印象并不明晰的故乡如同迷濛的大海，完全得不到一点回音。他的学校在美国北部，每年冬季冰雪封冻，由于等待母亲的音讯，他觉得天气格外冷冽。他拿到学位的那年夏天，在毕业典礼上看到各地赶来的同学家长，突然想起在新竹的父亲和在杭州的母亲，在晴碧的天空下，同学为他拍照时，险险冷得落下泪来，不知道为什么就断绝了与母亲重逢的念头。

也就在那一年，父亲遽然去世，他千里奔丧，竟未能见到父亲的最后一面，只从父亲的遗物里找到一帧母亲年轻时代的相片。那时的母亲长相秀美，挽梳着乌云光泽的发髻，穿一袭几乎及地的旗袍，有一种旧中国的美。他原想把那帧照片放进父亲的坟里，最后还是将它收进自己的行囊，作为对母亲的一种纪念。

他寻找母亲的念头因那帧相片又复活了。

美国经济不景气的那几年，他像一朵流浪的云，一再被风追赶着转换工作，并且经过了一次失败而苍凉的婚姻，母亲的黑白旧照便成为他生命里唯一的慰藉。他的美国妻子离开他时说："你从小没有母亲，根本不知道怎么和女人相处。你们这一代的中国人一直过着荒谬的生活，根本不知道怎样去过一个人最基本的生活。"这话常随着母亲的照片在黑夜的孤单里鞭笞着他。

他决定来香港,实在是一个偶然的选择,公司在香港正好有空缺,加上他对寻找母亲还有着梦一样的向往,最重要的原因是:如果他也算是有故乡的人,在香港,两个故乡离他都很近了。

"文革"以后,透过朋友寻找,联络到他老家的亲戚,才知道母亲早在五年前就去世了。朋友带出来的母亲遗物里,有一帧他从未见过的、父亲青年时代着黑色西装的照片。考究的西装、自信的笑容,与他后来记忆中的父亲有着相当遥远的距离。那帧父亲的照影,和他像一个人的两个影子,是那般相似。父亲曾经有过那样飞扬的姿容,是他从未料到的。

他看着父亲青年时代有神采的照片,有如隔着迷濛的毛玻璃,看着自己被翻版的脸。他不仅影印了父亲的形貌,也继承了父亲一生在岁月之舟里流浪的悲哀。那种悲哀,拍照时犹是青年的父亲是料不到的,也是他在中年以前没能感受到的。

他决定到母亲的坟前祭拜。

火车愈近杭州,他愈是有一种逃开的冲动,因为他不知道在母亲的坟前，自己是不是承受得住。看着窗外飞去的景物，是那样陌生，灰色的人群也是影子一样，看不真切。下了杭州车站，月台上因随地吐痰而凝结成的斑痕使他几乎找不到落脚的地方。这就是日夜梦着的自己的故乡吗？他靠在月台的柱子上冷得发抖，而那时正是杭州燠热的夏天正午。

他终于没有找到母亲的坟墓，因为当时大多数人都是草草落葬，连个墓碑都没有。他只有跪在最有可能埋葬母亲的坟地附近，再也按捺不住，仰天哭号起来，深深感觉到作为人的无所归依的寂寞与凄凉，想到妻子丢下他时说的话——这一代的中国人，不但没有机会过一个人最基本的生活，甚至连墓碑上的一个名字都找不到。

他没有立即离开故乡，甚至还依照旅游指南去了西湖，去了岳王庙，去了灵隐寺、六和塔和雁荡山。那些在他记忆里不曾存在的地方，他却肯定在他年少的时候，父母亲曾牵手带他走过。

印象最深的是他到飞来峰看石刻，有一尊肥胖的、笑得十分开心的弥勒佛，是刻于后周广顺年间的，佛像斜躺在巨大的石壁里，挺着肚皮笑了一千多年。那里有一副对联："泉自冷时冷起，峰从飞处飞来。"传说"飞来峰"原是天竺灵鹫山的小岭,不知何时从印度飞来杭州。他面对笑着的弥勒佛,痛苦地想起了父母亲的后半生。一座山峰都可以飞来飞去,人间的漂泊就格外渺小起来。在那尊佛像前,他独自坐了一个下午,直到看不见天上的白云,斜阳在峰背隐去,才起身下山,在山阶间重重地跌了一跤。那一跤的后遗症这些年都在他的腰间隐隐作痛,每想到一家人的离散沉埋,腰痛就从那跌落的一处迅速布满他的全身。

香港平和的生活并没有使他的伤痕在时间里平息。他有时含泪听九龙开往广州最后一班火车的声音,有时鼻酸地想起他成长的新竹。两个故乡,使他知道香港是个无根之地,和他的身世一样找不到落脚的地方。他每天在地下铁里看着拥挤着拥向出口奔走的行人,好像自己就埋在五百万的人潮中,流着流着流着,不知道要流往何处——那感觉还是看云,天空是潭,云是无向的舟,应风而动,有的朝左流动,有的向右奔跑,有的则在原来的地方画着圆弧。

即使坐在港九渡轮,他也习惯站在船头,吹着海面上的冷风,因为在那平稳的渡轮上如果不保持清醒,将成为一座不能确定的浮舟。明明港九是这么近,但父亲携他离乡时不也是坐着轮船的吗?港九的人已习惯了从这个渡口到那个渡口。但他经过乱离,总隐隐有一种恐惧,怕那渡轮突然在一个不知名的地方靠岸。

"香港仔"也是他爱去的地方,在那里疲惫生活着的人使他感到无比地真实,一长列重叠靠岸的白帆船,总不知要航往何处。有一回,他坐着海洋公园的空中缆车,俯望海面远处的白帆船。白帆张扬如翅,竟使他有一种悲哀的幻觉,港九正像一艘靠在岸上可以乘坐五百万人的帆船,随时要启航,而航向未定。

海洋公园里有几只表演的海豚是从台湾澎湖来的,每次他坐在高高的看台上欣赏海豚表演,就回到他年轻时代在澎湖服役的情形。他驻防的海边时常有大量海豚游过,一直是渔民的财富来源。他第一次从营房休假外出到海边散步,就遇到海岸上一长列横躺的海豚,那时潮水刚退,海豚尚未死亡,背后脖颈上的气孔一张一闭,吞吐着生命最后的泡沫。他感到海豚无比美丽,它们有着光滑晶莹的皮肤,背部是蔚蓝色,像无风时的海洋;腹部几近纯白,如同海上溅起的浪花;有的怀了孕的海豚,腹部是晚霞一般含着粉红的琥珀色。

渔民告诉他，海豚是胆小聪明善良的动物。渔民用锣鼓在海上围打，追赶它们进入预置好的海湾，等到潮水退出海湾，它们便曝晒在滩上，等待死亡。运气好的海豚，被海外海洋公园挑选去训练表演；大部分的海豚则在海边喘气，然后被宰割，贱价卖去市场。

他听完渔民的话，看着海边一百多条美丽的海豚，默默做着生命最后的呼吸，忍不住蹲在海滩上将脸埋进双手，感觉到自己的泪濡湿了绿色的军服，也落到海豚等待死亡的岸上。不只为海豚而哭，而是想到他正是海豚晚霞一般的腹中的生命，一生出来就已经注定了开始的命运。

这些年来，父母相继过世，妻子离他远去，他不只一次想到死亡，最后救他的不是别的，正是他当军官时蹲在海边看海豚的那一幕，让他觉得活着虽然艰难，但到底是可珍惜的。他逐渐体会到母亲目送他们离乡前夕的心情，在中国人的心灵深处，别离地活着甚至胜过团聚地等待死亡的噩运。那些聪明、有思想的海豚何尝不是这样希望自己的后代回到广阔的海洋呢？

他坐在海洋公园的看台上，每回都想起在海岸喘气的海豚，几乎看不见表演,几次都是在海豚高高跃起时被众人的掌声惊醒,身上全是冷汗。看台上笑着的香港人所看的是那些海外公园挑剩的海豚,那些被空运走了的则在小小的海水表演池里接受着求生的训练,逐渐忘记那些在海岸喘息的同类,也逐渐失去它们曾经拥有的广大的海洋。

澎湖的云是他见过最美的云,在高高的晴空上,云不像别的地方松散飘浮,每一朵都紧紧凝结,如一个握紧的拳头,而且它们几近纯白,没有一丝杂质。

香港的云也是美的,但美在松散零乱,没有一个重心,它们像海洋公园的海豚,因长期豢养而肥胖了。也许是海风的关系,香港的云朵飞行的方向也不确定,常常右边的云横着来,而左边的云却直着走了。

毕竟他还是躺在维多利亚山看云,刚才他所注视的那一群云朵,正在通过山的凹处,一朵一朵有秩序地飞进去。不知道为什么跟在最后的一朵竟离开云群有些远了,等到所有的云都通过山凹,那一朵却完全偏开了航向,往岔路,绕着山头。也许是黄昏海面起风的关系吧!那云愈离愈远,向不知名的所在奔去。

这是他看云极少有的现象，那最后的一朵云为何独独不肯顺着前云飞行的方向？它是在抗争什么吧！或者它根本仅仅是一朵迷路的云！顺风的云像是一首写好的流浪歌曲，而迷路的那朵就像滑得太高或落得太低的一个音符，把整首稳定优美的旋律带进一种深深孤独的错误里。

夜色逐渐涌起，如茧一般包围着那朵云，慢慢地，慢慢地，将云的白吞噬了，直到完全看不见了。他忧郁地觉得自己正是那朵云，因为迷路，连最后的抗争都被淹没。

坐铁轨缆车下山时，港九遥远辉煌的灯火已经亮起，向他招手。由于车速，冷风从窗外掼着他的脸。他一抬头，看见一轮苍白的月亮，剪贴在墨黑的天空，在风里是那样不真实。回过头，在最后一排靠右的车窗玻璃上，他看见自己冰凉的、流泪的侧影。

一九八四年十月五日

法圆师妹

第一次见到法圆师妹,见到的竟是她的裸体。

那一年,他在彰化的一个地方驻防,是炮兵班的班长,有一天出操时找不到自己的班兵,等到班兵回来的时候,他罚他们在操场的烈日下站成一排。他虽刚刚升了班长,面对那些老兵还是装出极度威严而牛气的样子。

他用力踹了一个班兵没有夹紧的小腿关节,压低声音说:"你们最好把去了什么地方说出来,否则就这样给我站到天黑。"顿了一顿,他冷冷地说:"我说到做到。"

他不知道为什么要发那样大的脾气,他原也不是坏脾气的人,只是见到自己的兵受了处罚脸上却带着神秘的嘲讽,虽然闭紧了嘴巴眼睛里却互相露着笑意,那才真令他怒不可抑。

"如果你们说出去了哪里,我们马上就解散。"说完,他头也不回地走回营地的中山室,隔着窗户看着那些兵的动静。约莫过了半小时,他故意装成无事,走到操场前面,带着一种邪意的微笑问道:"哪一位说?老实说出来,我就不处罚你们。"

"报告班长,我们去看尼姑洗澡。"一位平常滑舌的上等兵提足中气地说,其他的兵忍不住噗哧笑了出来。

"不准笑,把事情说清楚。"

兵们吞吞吐吐地报告说,营地不远处有座尼姑庵,住着许多年轻的尼姑,由于天热,她们下午时分常在庵里冲凉。

"人家在房子里洗澡,你们怎么看见?"他的语气缓和下来,因为发现自己对这件事感到好奇。

兵们又说,尼姑庵四周种了许多高大的荔枝树,他们选定了位置,从树上可以望透窗口,看到尼姑洗浴的情景。

一个兵饶舌地说:"报告班长,尼姑洗澡时,光溜溜的,很像橱窗里没有穿衣服的模特儿,很是好看……"

"不准再说了,解散!"他制止他们再讨论窥浴的事。

从此，虽然士兵们到尼姑庵去窥浴的事仍时有所闻，他并没有再过问，但这件事在他的心里留下一种十分奇特的感觉，可以说，有时候他也有过到荔枝林里去窥视的冲动，尤其在夜里查哨的时候，从营区的山坡上望到远处的庵堂，总有几盏昏黄渺小的灯火自窗口逸出。但冲动只是冲动罢了，一直没有付诸实行，主要是有一种罪恶感，看尼姑洗澡在他的内心仿佛是一种极深的罪恶。

冬天，他班里有一位班兵要退伍了，就是当年看尼姑洗澡被他处罚的其中之一，依照部队的惯例，他和其他的班兵在营外摆一桌酒席，欢送这位即将飞出牢笼的老鸟。他在军队里独来独往惯了，因此班兵们一再叮嘱他无论如何要去参加酒席。

席间，因为酒兴的关系，喝到酒酣耳热的时候，大家谈起了部队中一些值得回味的事，那即将退伍的弟兄竟说："最值得回味的事莫过于在荔枝树上看尼姑洗澡了，真是人间难得几回！"然后士兵们也谈起被他罚站在烈日下的情景，有一位说："其实，班长，你应该去见识见识，哪一天我带你去。"

他微笑地说："好呀！"

要退伍的那位弟兄走过来拥着他的肩,对大家说:"我们何不今天晚上带班长一起去,给我的退伍留个纪念!"几个兵大声地起哄着,非要把他架到荔枝园里去。

他们摸黑从营房前的大路转进一条极小的路,走过一些台阶,到了荔枝林里,他的兵选好一株荔枝树对他说:"班长,你上去吧!"他童年是在果园里长大,三两下已经爬到了树顶,一个兵对他指点了方向。

从荔枝扶疏的树叶间隙望出去,正好可以看见尼姑庵背面的一扇小窗,窗里的灯是昏黄的,但是在冬日的黑夜里十分明亮。他把视线投过去,正好见到一位尼姑穿衣的背影走出房门。

然后寂静了下来,连那些平日嘈杂不堪的兵们都屏息等待着,仿佛蹲在夜间演习的散兵坑内。隔了约有一分钟之久,他看见一位年轻的尼姑抱着衣服走进屋里,她穿着一件浅色棉布宽袍,慢慢解开腰间的系带,露出温润的血色鲜丽的身体,有很长时间,他几乎忘记了呼吸。

那位尼姑的身体是玉一样的晶莹、澄明、洁净,这样的裸体不但没有使他窥浴的心情得到舒放,反而令他生出另外的异样情懔，就像有一次在寺庙里见到一尊披着薄纱的菩萨雕像，让他有一种不可抑止的景仰，忍不住烧香礼拜。

他看到尼姑以轻柔细致几近完美的动作沐浴，然后当他正面面对她的脸时，才发现她是一位十分美丽的少女，可能由于长期吃斋诵经，她的脸免不了有一股宝相庄严的味道，但庄严的眉目并没有隐藏她全身散发出来的生命的热气，她的脸上跳跃着明媚的青春，似乎不应该是当尼姑的人。她的头发虽然理光了，他却可以想象她秀发披散的样子。

到最后，他深深地自责起来，觉得他们并没有资格，或者说根本不配来看这样冰清玉洁的少女沐浴。他的酒气全退了，想着想着，竟孤单地落下泪来。

他们穿过黑暗的林子，走到有路灯的地方，一个兵正要开始讲今天夜里窥浴的成绩，突然回头看见他，惊讶地说："班长，你哭了？"

"没有什么。"他说。

"你看尼姑洗澡，为什么突然哭了呢？"

"这跟尼姑没有关系，真的没有什么。"他其实也不知道自己到底为什么落泪，有一点点，大概和看到那么美的少女去当尼姑有关。她那样美丽，为什么非要当尼姑？难道人世里容不下这样的美丽吗？

几个兵霎时间静默下来，走过乡下清凉的夜街，远处的几声狗吠更加增添了寒意。走到营房门口，他突然拥抱了那个即将退伍的弟兄，互相一句话也说不出来，那个时刻，弟兄们几乎可以体会到他的心情。他们曾经从天涯的各处被凑聚在一起，分离的前晚，互相保守了这样的秘密，如果不是前世，哪里有这样的缘分呢？

"我会想念你的。"他最后呜咽地对他的兵说，他的兵没想到班长对他有那么深的情感，感激得手足无措，站在当地，憋了半天才说："报告，班长，我也会想念你。"

自从在尼姑庵的后窗窥浴以后，他休假时常信步走到庵堂里面。其实那不是一座真正的庵堂，而是一间寺院，有着非常开阔的前庭，从前庭步上庙堂的台阶，每一阶都是宽大而壮实的。

神像所在的中厅虽不豪华，但有着一种素净的高大。听说这座庙是民国初年就已经有了，因此早就没有了新盖庙宇的烟火气，代之而起的是一种尘埃落尽之美。至于这间寺庙里为什么一直只有尼姑，就不得而知了。他们的营房就在寺庙的斜对面，虽然寺庙并不限制外人进入，但军队自身为了避免事故，一向不准士兵们到庵里去。

他曾追查过这个不明文的规定，才知道许多许多年前，曾有一名士兵和一位尼姑在这里产生了恋情，带给庵堂和军营极大的震动。那故事最后喜剧收场，士兵退伍后带着还俗的尼姑回乡结婚去了。从此，军队里就一代一代规定：平常没事不准到对面的庙里去。

那座寺庙的左侧和后园种满了荔枝树，只有右侧一小片地种了柳丁，那是由于尼姑保留了一个优良的传统，她们依靠自己的劳力来养活自己。夏天收成荔枝，冬天出售柳丁，而在荔枝与柳丁园之间，则种满了青菜。

他从佛堂侧门一转，走到左边的荔枝园里，因为是白天，几乎与晚上荔枝园中的黑暗神秘完全不同。他算定了方位，向他曾经爬过的荔枝树的位置走去。他很想知道，他们窥浴的那株荔枝树白天是什么样子。

走到一半，他看见一位尼姑的背影，蹲在树下除草。不知道为什么，光是看那背影，他就觉得她是那天被他看见的尼姑少女。

果然是她!

她一回头,令他有些惊慌地呆在那里。

她嫣然笑了起来,说:"你是对面的兵吗?"

他连忙点头,才发现原来自己换了便服,但一眼仍然可以看出是兵,兵的头发和衣着常有一种傻里傻气的气质。

"来看荔枝呀!还没有开花呢!荔枝要开花的时候最好看。"她说。

他发现她比夜里隔着水雾看还要美,只是带着一种不知天高地厚的天真的稚气,更衬出了她晶亮的水光流动的眼睛。她的唇,薄,却轮廓鲜明,小巧的鼻子冒着汗珠。她有一对深黑的眉毛,说什么那张脸都好像不该长在一个光亮的头上。

她见他不语,继续说道:"你知不知道荔枝的花没有花瓣?看起来一丛一丛的,仔细看却没有花瓣。荔枝开花的时候有一种特别的香气,那香气很素很素,有一点像檀香的味道,可是比檀香的味道好闻多了,檀香有时还会冲人的鼻子。所以我喜欢到园子里工作,不爱在堂里念经呢!"

"我是来随便走走的,"他对她的善良和真诚觉得有趣,"你是？要怎么称呼你呢？"

"我叫法圆，师姐们都叫我法圆师妹。"

"法圆，真好听的名字。"

"法圆就是万法常圆，师父说就是万法无滞的意思，要一切圆满，没有缺憾。我喜欢这个名字，比师姐的法空、法相、法真……好得多了，你就叫我法圆师妹好了。"

"法圆师妹……"

"什么事？"

他本想告诉她窥浴的事，提醒她以后洗澡别忘了关窗，但话到嘴边，怎么也说不出来，只好说："呀，没什么，我来帮你除草好了。"

"好呀！"

他蹲下来在她的对面拔着冬风过后荔枝园里的残草，法圆师妹感激地望着他，顿时令他觉得他们两人都是非常寂寞的，像一丛没有花瓣的荔枝花。

他和法圆师妹成了很好的朋友，休假的时候常情不自禁地就走到荔枝园去。法圆几乎整日都在荔枝园工作，因为她觉得在神坛前烧香礼拜远远不如在荔枝园里自在。

而他去荔枝园，是因为与其到市区去和人相挤，还不如在园里帮忙法圆自在。他的祖母曾种有一片广大的荔枝园，因此他对荔枝一点也不陌生。

他慢慢知道了法圆当尼姑的经过。可以说，法圆一出生时就已经当了尼姑，她才出生两星期的时候，被丢弃在寺庙的前庭，师父便把她捡回抚养长大。她从来不知道自己的父母是谁，听说她的母亲在她的衣襟上留下一张条子，说因自己被男友抛弃，生了法圆以后，怕她日后成为无父的孩子，便把她留在尼姑庵中，至少能衣食无缺，平安长大。她因此在尼姑庵中长大，没有经历过外面的岁月。

"我有时会想到自己的父母，为什么不肯要我？但这一生大概不会有答案了。"

法圆的师父并没有强制她出家，认为她长大了能自立生活以后仍然可以还俗，是她自己不肯离开尼姑庵，她说："我如果离开这里，万一我的母亲突然想起要找我，来这里找不到，那我们就永远没有见面的日子了。一个人，一生都不知道自己的身世，是一件多么痛苦的事呀！"

"你可以出去找自己的母亲啊?"

"唉,从何找起呢?"

他看到法圆师妹,几乎是没有烦恼的。她唯一的烦恼大概就是自己的身世了。因为常常在一起聊天,他们生出了一种兄妹般的情感。

可是他们在一起的事,不知道为什么被连长知道了,有一天深夜,晚点名以后,连长把他叫去。

"班长,听说你和对面尼姑庵里的一个尼姑很好?"

他不想对连长说什么,只是点点头。

连长过来拍他的肩:"老弟,这可不是开玩笑的,你什么女朋友不好交,偏偏要找一个尼姑呢?你以后还是少到尼姑庵去走动,免得坏了人家修行的名节,不要忘了,你还是军人!"

"报告连长,你误会了,我和她只是很普通的朋友。"

"一名军人,一位尼姑,就是普通朋友也是不普通的。"连长说。

他和法圆师妹的事,很快成为当地众口哄传的逸闻,尤其是在部队里,谣言透过无知者的口,传得更为炽烈了。

他原是不畏谣言的人,但法圆师妹到底是出家人,她在尼姑庵里成为交相指责的对象。他们两人都没有辩白，因为不知从何说起。有几次他想澄清，可是当有人说："你们两人在荔枝园里做些什么，谁知道呢？"使他了解到活在冤屈里的人有时一句话也不必多说。

害得他再也不敢走到寺庙里去。

幸好他的部队很快就移防了，所有的人都为移防而忙碌着，逐渐淡忘他和法圆的故事，他决定在移防之前去看一次法圆师妹。

法圆师妹已经不如以前有那样温润丰美的面容，她在几个月的谣传中消瘦得不成样子了。他们在荔枝园相见的时候，互相一句话都说不出来，法圆只是默默地流泪。

过了很久，他才说："真对不起，害你受这么大的委屈。"

"不，"法圆抬起头来说，"这不是你的错，为什么我是尼姑呢？"

"你不要理会别人说什么，只要我们心中坦荡，别人的话又有什么要紧！"

法圆师妹沉思了半晌，坚定地说："带我离开这里，我已经决定要还俗了。"

他婉转地告诉她，军队不久就要离开这里了，他要随军到北部去，而且他的服役期还有一年，不能带着她离开。

"我原来以为你会愿意的。过去我确实想安心做尼姑，发生这件事以后，我觉得自己应该好好地爱一次。我一定要离开这里，你带我走，我不会拖累你的。"

他默默地望着她。

"不管你的部队到了哪里，我都可以在那附近工作养活我自己。你不必担心我，只要带我走就好了。"法圆师妹的眼睛流露出过去从未见过的充满挑战与抗争的眼神。

"你等我，等我退伍以后一定回来带你走，我们可以重新开始，那个时候我们都是一个人，不是尼姑和军人。"

"不！你现在就带我走，不然你会后悔的。"法圆站起来，笔直地注视着他。

"你让我想一想。"他心慌起来。

"不要想了，你到底带我还是不带？"法圆紧紧咬着牙，唇间几乎要流下血来。

"我……"他忧伤地望着她。

她突然转身，掩着面逃走了。

第二天，他随着部队登上了移防的火车，在火车上想到法圆师妹的样子，自己蹲在车厢的角落，默默地红了眼睛。其实在内心深处，他是喜欢着法圆的，他愿意带她去天涯的任何一个地方。

他之所以没有答应，是因为他还有一年要在部队里，根本不能照顾她，而她从小在寺庙里长大，独自一个人根本不可能照顾自己的生活。他还暗暗下了决心，退伍的第二天就去找她，和她一起坠入万丈的红尘。

四个月以后，他的部队又移回寺庙对面的基地，等到一切安顿就绪，已经是一星期以后了。他迫不及待地跑到寺庙去，正好有一位扫地的尼姑在庭前清扫落叶。

"请问，哪里可以找到法圆？"

"法圆师妹吗？她早就离开了，你有什么事吗？"

"我……她到哪里去了？"

"她呀！说来话长哩！你去问别人吧！"那尼姑显然不肯再理他，埋头继续清扫。

后来他从留守基地的老士官长口中打听到法圆的事情。他随部队离开后不久，法圆师妹便怀孕了，被尼姑们逐出了门墙，不知所终。

那个老士官长简单地说了法圆的故事,突然问他:"你不是那个和法圆很好的班长吗?她肚子里的孩子是不是你的呢?"

他哑口无言地摇头,差些落下泪来。

从此,他完全失去了法圆的消息。法圆师妹和她的母亲一样,可能会永远在人世间消失了。想到他们分别的那一幕,他心痛如刀绞。她到底是为了什么呢?难道怀孕是她离开空门的手段吗?

一直到他从部队退伍,法圆师妹都是他心里最沉重的背负,尤其在他要退伍的时候,寺庙左边的荔枝园结出了红艳艳的果实,尼姑们有时挑着荔枝到路边叫卖。他偶尔也去买荔枝,却怎么也吃不下口,想到法圆师妹第一次和他相见时说的话:"你知不知道荔枝的花没有花瓣?看起来一丛一丛的,仔细看却没有花瓣。荔枝开花的时候有一种特别的香气,那香气很素很素,有一点像檀香的味道,可是比檀香的味道好闻多了,檀香有时还会冲人的鼻子……"常常令他在暗夜中哭了起来,每一个人的命运其实和荔枝花一样,有些人天生就没有花瓣,只是默默地开花,默默地结果。在季节的推移中,一株荔枝没有选择地结出它的果实,而一个人也没有能力选择自己的道路吧!

许多年以后，他差不多已经完全忘记了法圆师妹。

有一次，他出差的时候住在北部都市的一家旅店，他请旅社的服务生给他送来一杯咖啡，挂上电话，在旅店的灯下整理未完成的文稿。

送咖啡来的服务生是个清丽的妇人，年龄已经不小了，但还有着少女一样冰雪的肌肤。她放下咖啡转身要走，他从她的背影里看到一个非常熟悉的影子，不禁冲口而出：

"法圆师妹！"

妇人转过身来，静静地看着他，带着一种疑惑的微笑，那熟悉的影子从他的眼前流过，他歉意地说："对不起，我认错人了。"

她笑得更美了，说："班长，你没有看错，我是法圆。"

他惊讶地端详着她，然后全身发抖起来："法圆，真的是你！"接着，尽力抑制自己说："你变了一个样子。"

她还是微笑着："我留了头发，当然不同了。班长，你才是变了呢！"

法圆的平静感染了他，他平静地说："你在这里工作吗？"

法圆点点头，在饭店房间的沙发上坐了下来，开始谈起了别后。

原来法圆真的是因为怀孕而离开了寺庙。

那一年,她要求他带她走的时候,由于他的迟疑,使她完全失去了理性。她的怀孕是她自愿向一个不相识的男子献身,当时只有一个心思,就是不愿再当尼姑了,至于以什么方法离开寺庙,已经不重要了。

"很奇怪的,我的身体里大概流着我母亲的牺牲的血,遇到你以后,我开始想要过另一种自我的生活。我不知道爱是什么,那个时候我很单纯,只是想要跟着你,只要好好地爱一次,其他的我都不计较。当时的压力愈大,我的决心愈坚强。我下决心要离开那里,如果那个时候你带我走,我会一辈子侍候着你。"

"你的孩子的父亲呢?"

"我和他只见过几次面,后来我离开寺庙,已经没有联系了。他不重要,他只是离开以后的你罢了。"

"你的孩子呢?"

"我生下孩子以后,把她放在我母亲把我丢下的那个寺庙的庭前。"

"啊……"

"这大概就是命吧！你离开以后，一切对我都不重要了。"

"你怎么忍心把自己的孩子放在那里？难道有你这样还不够吗？"他忍不住生气地说。

她的嘴角带着一种饱经沧桑的神秘的嘲讽："希望她长大以后能遇到一个愿意带她离开的班长。"

他沉默了一下："你为什么不等我回去接你？却要把包袱留给我呢？"

"有的心情你不会明白。有时候过了五分钟，心情就完全不同了。生命的很多事，你错过一小时，很可能就错过一生了。那时候我只是做了，并不确知这些道理。经过这些年，我才明白了，就像今天一样，你住在这个旅馆，正好是我服务的地方，如果你不叫咖啡，或者领班不是叫我送，或者我转身时你没有叫我，我们都不能重逢。人生就是这样。"

"你就是这样子过活吗？"

"生活也就是这样，做尼姑有尼姑的痛苦，不做尼姑有不做尼姑的艰难，我只能选择其中的一种。"

然后他们陷进了一种艰难的对视，互相都不知道要谈些什么。他突然想起了在荔枝树上窥视她洗澡的一幕,仿佛看见了一条他们都还年轻的河流,当时间一寸寸从指间流去,他想告诉她那件往事,终于还是说不出口。

"你还愿意带我走吗?"她又恢复了一种平静的微笑。

他迟疑地看着她。

"经过这么多年,经过这么多事,更不可能了,是吧!"她站起来,从衣袋里取出一个小的丝袋,说:"这个还给你吧!是你当年掉在荔枝园里的一粒袖扣。"

他颤抖地打开丝袋,看到一粒绿色的袖扣,还像新的一样,忍不住落下泪来。

她叹了一口气说:"我要走了,下面还有事情要做哩!有件事要让你知道,你是我生命里的第一个男人,我会想念你的。知道有你在这个世界上,我就会好好地活着。"

说完,她决然地关门离去。

留下他,紧紧握着那一粒年轻时代不小心掉落的,一个没有勇气的士官衣袖上的扣子。

第二天,他结账离去的时候,在柜台问起:"可不可以帮我找一位法圆?"

"法圆?我们没有这个人。"

"呀!我是说昨天送咖啡给我的那位服务生。"

"哦!你是说常满吗!她今天请假呢!"

"她住在哪里呢?"

"不知道,我们的服务生常常换的。"

他走出旅馆。屋外的阳光十分炽烈,他却感到冷,仿佛知道这一生再也不会再见到法圆师妹。

他握紧口袋里装着扣子的丝袋,想起法圆师妹对他说过的话:

"法圆就是万法常圆,师父说就是万法无滞的意思,要一切圆满,没有缺憾。"

那一刻他才真正地悔恨。二十岁的时候,他为什么是那样懦弱的人?

一九八四年十月十四日

莲花与冰冻玫瑰

莲花

他们都爱莲花。

学生时代,他们一听到什么地方种了莲花,总是不辞路远跑去看莲花,常常坐在池塘岸边,看莲看得痴迷,总觉得莲花不管在什么样的情况下都美。

初开的有初开的美,盛放的有盛放的美,即使那将残未谢的,也有一种说不出的温柔而凄清的美丽。

有时候季节不对,莲花不开,也觉得莲叶有莲叶的清俊,莲蓬有莲蓬的古朴。她常自问：为什么少女时代的眼中，莲花有着永远的美丽呢？后来知道，也许是爱情的关系，在爱情里，看什么都是美的，虽然有时不知美在何处。

几次坐在池边，他总轻轻牵起她的手，低声地说："我们可以不要名利财富，以后只要在院子里种一池莲花，就那样过一辈子。我可以在莲花池边为你写一辈子的诗。"

他甚至在私下把她的小名取做"莲花"，说在他的眼中他永远看见一池的莲，而她的声音正像是莲花初放那一刻的声音。

学生时代，他就是小有名气的诗人了，每天至少写一首诗送她，有时一天写几首。那真像一池盛放的红莲，让她觉得自己是他的一池莲中最美的一朵。

但她不是唯一的一朵。她知道自己怀孕的时候，他正在外岛服役。她高兴地写信给他说："我们将会有一朵小莲花。"没想到从此却失去了他的消息。

最后，她把小莲花埋葬在妇科医院的手术台上。

她结婚以后，央求丈夫在前院里辟了一个大池塘，种的就是莲花。她细心地、无微不至地照顾那一池莲花，看着莲花抽芽拔高，逐渐结出粉红色花苞。而那样纯粹专一地养着莲花，竟使她生出一种奇异的报复的情愫。每当工作累了，她就从书房角落的锦盒取出他写过的一叠诗来，一边回味着当年看莲花的心情，一边看着窗外暗影浮动的莲花，感觉到那些优美而稚嫩的诗句已随着当年的莲花在记忆里落葬。眼前，正是一畦新莲，长在另一片土地上，开在另一种心情上。

有时未免落下泪来，为的是她竟默默在实践着少年时代他的誓言，唯一慰藉自己的是：他讲这誓言的当时应该是充满真挚的吧。

她有着一种无比的、母亲般的宽容，逐渐地原谅他的离去。她感觉自己的宽容像水面的莲叶那样巨大，可以覆盖池中游着的鲤鱼。

她亲手种植的莲花终于完全盛开了，她的丈夫也为此而惊叹，对她说："我听说，莲花是很难种植的花，必须有无比的坚忍和爱才能种起来，没想到你真的种成了。"她微笑着，默默饮着去年刚酿成的红葡萄酒。丈夫初尝她做的酒，对着满院的莲花说："你这酒里放的糖太少了，有点酸哩！今年可要多放点糖。"她也只是笑，做这酒时有一点恶戏的心情，就像她种莲花时的心境一样。

莲花结成莲蓬,她收成的时候,手禁不住微微抖颤着,黑色的莲蓬坚实地保卫着自己心中的种子。她用小刀把莲蓬挑开,将那晶莹如白玉的莲子一粒粒挖出来,放在收藏他的诗信的锦盒上。莲子那样清洁,那样纯净,就像珠贝里挖出的珍珠,在灯光下,有一种处女的美丽,还流动着莲花的清明的血。

她没有保存那些莲子,却炖了一锅莲子汤,放了许多许多的冰糖,等待丈夫回来。

丈夫只喝了一口,就噗哧吐了一地,深深皱着眉头问她:"这莲子汤怎么苦成这样?"她受惊地赶忙喝了一口莲子汤,硬生生地吞了下去,一股无以形容的苦流过她的舌尖,流过喉咙,在小腹里燃烧。

看她受惊,丈夫体贴地牵起她的手说:"莲子里有莲心,莲心是世上最苦的东西,要先剥开莲子,取出莲心,才可以煮汤。"

她捞起一颗莲子剥开,果然发现翠绿色的莲心,像一条虫潜伏在莲子里面。为此她深深地自责起来:为什么以前她竟不知世上有莲心这种东西?

丈夫拿起桌上的莲心说:"也有人用莲子来形容爱情。爱情表面上看起来是莲子一样洁白、高贵、清纯，可是剥开以后，细细的莲心是世上最苦的东西。如果永远不去吃它，不剥开它，莲子真是世界上最美的果实呢！"

她终于按捺不住，哇啦一声痛哭起来，腹中莲子汤的苦汁翻涌成为她的泪水。那时候她才知道她永远不会忘记陪她看过莲花的人，那个人不只带她看了莲花，还让她成为莲子里那一条细长的莲心，十几年后还饮着自己生命的苦汁。

冰冻玫瑰

他认识一位长辈，五十余岁的人了，看起来像刚三十岁的少妇，脸上还有少妇一样光灿的神采。由于善于保养的关系，她的身材还维持着可能在他还没有出生以前她就保有的身材。

每次去看她的时候，他就真正知道，时间和岁月并不是多么可怕的东西，总还有抗衡的余地。她是战胜了时间——至少，是和时间拔河，而后来的二十年并没有失去。

她独自居住在一栋大房子里，他每次去，看她坐在窗口，阳光从她脸上抚过,就觉得她真是有一种不可言喻的美。不只她的脸美丽一如少妇,眼睛也格外有闪亮的光华,只是她微微布着皱纹的唇角有一种智慧,是少妇不可能有的,虽然他并不明白那是何等的智慧。

她常常请他去谈艺术,喝着她从海外带回来的伏特加酒。那酒看起来清淡如水,饮着,微微有一种苦意,喝入腹中则浓浓地烧灸起来,可以感觉它在血管中流动的速度。他是善饮的人,因此总是劝她少量地饮,但她饮了酒以后,却生出一种连少妇都不能有的明媚,一如少女,谈着她对人生未来的期待,她还没有完成的艺术之梦,她对情爱的憧憬。听的时候,总令他忘记她的年纪,深深地为未来的美而感动不已。

有一天清晨,他去探望她,路过一家花店,看到红色的玫瑰开得正盛,就挑了九十九朵玫瑰去送给她,对她说:"青春长久。"她接过玫瑰后默然不语,把它们插在一个巨大的瓶子里。然后他们坐在玫瑰花边,她涌出明亮的泪水,对他说:"已经有十年,没有人送过我玫瑰花了。"

她流着泪,说起了她的一生,三次失败的婚姻,十余次还可以记忆的爱情，以及数千个寂寞凄清的异域之夜。说到最后，她幽幽地说："我的大儿子正好和你同年，看到你，我总是想起自己的孩子。"他陪着她饮完一整瓶伏特加酒，自己的脸上爬满了泪痕，他们相拥痛哭，她拍着他的肩说："孩子，不要哭，孩子，不要哭……"声音喃喃，犹如清晨破窗而入的阳光。

她擦干泪水，微笑对他说："青春不是玫瑰，青春是伏特加酒，看起来不怎么样，喝光的时候，才知道它的后劲蛮强的。你是送我玫瑰花的孩子，我会永远记着你。"她醉了，靠在窗口睡着了，他不敢惊动她，看着她泪痕犹湿的侧脸，好像自己已经陪着她，从她的幼年时代，一起经历了一个大时代的变乱，还有无数充满了美丽和哀愁的故事。她像他的母亲一样，带他走过了一座巨大的园林，看到许多尚未愈合的伤口，那些伤口，他们认识五年，她从来没有说过，仅仅像一束玫瑰花，每一朵都有一个故事。

隔了一个星期，他去看她。她进屋去端出来一瓶玫瑰，是他送给她的，却仍新鲜如昔，花瓣上还有初摘时一样的水珠，她说："你看，你带来的玫瑰还没有谢哩！"他惊奇地说："呀！没有玫瑰能维持这么久！"

"我把它冰在冰箱里,在冰箱里,玫瑰可以活两个星期以上。"她微笑着说,"你看我的时候,是不是觉得我永远不会老?不是的,我只是冰冻起来,把我的青春和爱情冰冻起来,让它不至于起变化,但是再长就不行了。在冰箱里的玫瑰,放久了,也会谢的。"

那一刻,他才体会到她真是老了,一个年轻的少女不会有把玫瑰冰冻起来的心思,那样无奈,那样绝望。

她似乎猜中他的心思,对他说:"其实,我最后的岁月是这样准备的:我还要轰轰烈烈地爱一次。我少女的时候曾爱过,但不知道怎么去爱,后来我知道了怎么去爱,我已经过了中年。现在如果我有一次新的爱情,我会全心全意,把整个人生奉献出去。当这个心愿完成的时候,我一定会在一夜之间死去。中年人真心地去爱是会耗尽心力的,就像一株竹子,每一株竹子一生只准备开一次花。年轻的时候,竹子不知道怎么开花,等到它会开花的时候,就一次怒放,开完花就死去了。"

他们谈到了爱情,她的结论是这样简单:"一个人一生中真正的爱只有一次,我觉得我的那一次还没有到来。"

他终于知道她为什么总也不老了,那是因为她把二十年的青春冰冻起来,准备着最后一次的殉情,所以她不会老。他知道:她在他的心里是永远不会老的。

后来她去了海外,他路过她的住家附近时,总是为她祈祷,为青春与爱的不死祈祷。想念她时就记起她说的:"一朵昙花只开三小时,但人人记得它的美;一片野花开了一生,却没有人知道它们,宁可做清夜里教人等待的昙花,不要做白日里寂寞死去的野花。"

一九八四年十一月一日

暹罗猫的一夜

朋友去海外前夕,坚持要送我一只暹罗猫。我虽然向来对猫没有什么好感,但朋友说:"如果你不领养它,我只好把它捉到市场去放生。"非常不忍心,才决定要收养那只猫。

看到猫的时候,我很为它的娇小而感到吃惊。因为这只猫才出生十五天,而朋友为了安排在台湾的未了事,早打算把它的母亲送人了,只因为这只小猫的吃奶问题,母猫还一直没有送走。"你一捉走小猫,下午就有人会来把母猫带走。"朋友说。

我不禁惶恐起来,问:"可是这只小猫这么小,没有母亲的奶,我怎么喂它呢?"

"去买个婴儿的奶瓶嘛!"朋友恶戏地说,"趁你还没有小孩,用猫来实习，尝尝当父亲的滋味。我连名字都帮你取好了，叫Yoko！"

"为什么叫Yoko呢？"

"Yoko是日文名字，翻成中文是洋子。前几年被刺身亡的约翰·列侬的日本老婆就叫做大野洋子，老外人人都叫她Yoko，Yoko是个好名字呢！"

我想起了年轻时代与朋友一起沉迷于披头士音乐的景况，那时就对列侬身边那个神秘、敏感、充满了古典艺术气息又糅合了东方现代气质的、像猫一样的女人充满了好感，忍不住笑了起来，对朋友说："好，我决定收养大野洋子。"

洋子初到我们家的时候，毛还没有完全长全，稀稀疏疏，绒绒的一团，眼睛半睁半闭的，看起来十分弱不禁风，可是行动之快速令我吃惊。它可以在一眨眼的时间里飞奔过整个客厅，除非好意相求，否则无法逮住它。

我去买了最小号的奶瓶和奶嘴，回到家时才知道洋子的嘴巴就算张开到极限也不足以塞进奶嘴，它自己又不会吃。想要向朋友求告，他又刚刚去了美国，眼看着洋子饿得乱转乱叫却又无法进食，真把我急得一夜失眠。清晨点眼药水时灵机一动，就把整瓶眼药水挤光把瓶子清洗干净，装了牛奶喂食，这下子十分灵光，总算让洋子吃了一顿牛奶大餐——虽然它食量奇小，一回只吃一瓶眼药水的量。

我用眼药水瓶子喂猫的消息很快传开了，一时之间，访客络绎不绝，都把洋子看成我们新收养的女儿，有送奶粉的，有送罐头的，还有的周日接它去家里度周末。而洋子越来越美，又善于撒娇，我的朋友们无非是打着如意算盘，等洋子生产以后能分到一只小暹罗猫。

我们确实把洋子当成女儿一样，特别辟了一个房间给它，里面有一角还铺了沙堆，每日更换沙子，俨然如高级套房。夜里还说故事给它听，一有空闲就带它出外散步，遇上较长的旅行也把它带在身边，只除了没有送它上学。现代人对于女儿的关心与疼爱，我们大概都做到了。

洋子也不负众望，长得亭亭玉立，苗条修长，线条之文雅、姿势之优良真是罕有其匹。它的毛色也不像其他暹罗猫身上披一团灰气，除了头尾稍带灰色，身上就像浅白的法兰丝绒，令人看了忍不住打心底里喜欢。

它愈长大一点，就愈发像个淑女，连叫声都是轻声娇嗔，不像小时候那样大吵大闹地胡来，有时候一天也不说一句话，只是窝在沙发里发呆，或者梳理自己光洁的毛发。它吃东西和走路也开始有了讲究，吃东西时一定站得挺直，有如淑女吃法国大餐，而且食量很小，很少把碗里的菜都吃完，用餐完毕还会抹抹嘴唇，把碗推到角落里去。走路更是细致，它从不走曲线，一向走直线，无声无息，像是顶着书练习走红毯的新娘。

不用说，它小时候随地大小便、哭闹不休、时常抓破椅背、拼死也不肯洗澡、喜欢舐人脚趾的坏习惯是早就改掉了。

太太看洋子变得那样淑女，也有一点喜不自胜，逢人便说："我家洋子如何如何……"时常说了半天，对方才知道话题的中心只是一只猫，因为她说起洋子的时候，脸上流露着母亲的光辉。有时候她抱起洋子亲了又亲，十分不舍地对我说："你应该给你的女儿找个婆家了。"

这话说得也是，洋子再怎么说也是一只纯种的暹罗猫，总该找一头可以和它匹配的公猫，这种事女儿通常不好意思开口，做父亲的只好担起重责大任。我便先从亲戚朋友的名单中寻找养暹罗猫的家庭，还不时到宠物店里去寻找较好的血统，前前后后一共看了二十几只暹罗猫，最后选中了三只。我选女婿的条件非常简单，就是：一、身家清白；二、无不良嗜好；三、外貌英挺；四、身体健康。其他学经历、年龄等等不在考虑之列。对方的条件也十分简单，生下来的儿女对半均分；如果是单数，则女儿多分一只；如果是独生子，就归女方所有。

这三位乘龙快婿于是开始分批住进我们家里来。先来的一只最年轻，夜里，从洋子房间里传来怪叫连连，我对妻子说："好事已经成了，其余两只可能要退聘了。"第二天打开洋子的房门，屋里一团混乱，洋子蹲在墙角气呼呼地看着我，它的夫婿则一溜烟跑到客厅。我趋前查看，才看到那只公猫的前胸后背都受了伤。这倒使我纳闷起来，不知道发生何事，只好帮公猫敷药，送还它的主人，而洋子几天都不说话。我心想，处女变成新娘大概都是如此，并未特别注意。但是经过很长时间，洋子都没有怀孕的迹象，倒使我着急起来，不得不找来第二个女婿。当夜的情形也和洋子的初夜一样，吵闹不休，第二天，这只年纪稍大、颇有经验的公猫也负伤而出。

洋子的肚子仍然没有消息，但它显然开始不安于室了。每天在大门口走来走去，不安地徘徊，不时低声呜咽。到了夜里更是大呼小叫，如婴儿夜啼，再也不肯睡在房间里，每天都在窗户边张望。妻子看了不忍，说："还是放它出去吧，这样也不是办法。"我是坚持不允的，就像严格的父亲不准女儿在外面过夜，说："如果这一刻放它出去，若生了小猫，我们一定会后悔的，还是给它找一位门当户对的吧！"当天火速进行，把第三位女婿请来，这个女婿可不是吴下阿蒙，它是宠物店中的种猫，娶过的女子何止千百？宠物店老板还拍胸脯保证百发百中。我看它老成持重的样子，也就放了心，当夜让它们同房。

不幸的是，这第三位女婿也是负伤而出。这下子令我大感不解，不敢确知洋子所要的是什么。如果它不肯出嫁，那何至于夜夜在窗口叫春呢？如果她正合适于出嫁，为什么又对我们所挑选的门当户对的女婿不满呢？如果它的搏斗奋战是对我的抗议，我是不是应该让步、让它去找自己所要的呢？

不行！我在心里这样呐喊，因为我知道一旦把洋子放出去会是什么后果。它从小就在这样小的空间长大，出去不认得路，很可能就此沦为街上的野猫，即使认得路回来，肚子里一定怀着马路上的野种，这是做父亲的不能忍受的事。

于是洋子又在我的禁令之下在家里吵闹了几个礼拜，我则忙于给它物色新的公猫。这时我稍做让步，除了暹罗猫以外，波斯猫也行，说不定洋子喜欢洋人哩！

有一天回到家里，我惊奇地发现客厅落地窗的纱窗被抓破了一个大洞，而洋子却不见了踪影。很显然，它是趁我们不在，抓破纱窗，越墙而去。洋子的离家出走，使我们陷进了忧伤的境地之中，好像一年来扶养、疼惜它的心神都白费了，也破坏了我们对它未来的妥善安排。

三天以后，洋子回来了，它蹲在楼梯口，看到我们，深深地把头垂了下来。它全身像在泥巴里打滚过，而且浑身都是抓伤未愈合的伤口。我只好帮它洗澡疗伤，好像父亲迎接离家归来的女儿，不忍责问它的去处。洋子则一直是默默的，不肯叫一声。

洋子终于怀孕了，我们只有忍痛接受了这个事实。几个月以后，它生出了五只小猫，一只是白的，两只是花的，两只是黑的，而且两只花的也不同，一只有白趾；两只黑的又不同，一只的尾巴呈灰色。可以说五只小猫长得都不一样，除了身形还有一点暹罗猫的迹象，其他看起来就像街上到处翻垃圾找东西吃的野猫。我们看了以后大失所望，洋子大概也能了解我们这种心情，尽量把它的小孩移到隐秘的地方，有时候一天迁移两次。我们看了也于心不忍，只好承认它和它的孩子们，并且开始给它买鱼坐月子。

一直到现在我还是不能明白，洋子为什么不肯接受我们的安排，宁可到街上去找对象呢？它是真的喜欢那些街上的野猫吗？还是只是为了抗拒我们给它的安排？只是小孩子对父母的必然的反叛吗？

它到底在想什么呢？它挣脱着离家出走的那个晚上做了些什么？它的小猫是和什么样的公猫生的？是一只公猫呢？还是几只公猫？怎么小猫的颜色都不一样呢？

这些对我都是永远不能解开的谜题了，但是洋子的出走却启示了我的视野，了解到情感是非常微妙的东西，即使小小的一只猫，都是争取着情感的自主和自由的吧！那么何况是一个人呢？

做父母的不明白这个道理，所以这个世界将会不断有类似的悲剧发生。

当我把小猫载到市场放生时，想到我家洋子为了争取情感自由所付出的代价，差些激动得落下泪来。因为这五只杂种猫没有人愿意收养，它们日后也将步上其父亲流落街头的命运，而洋子在为自己抗争时是未曾想过这些的吧！

洋子比以前更成熟，似乎在这一次的教训里长大了许多，只是这个教训的代价未免太大了！

一九八五年一月一日

落　菊

他路过花店的时候，被一朵黄色的菊花深深地吸引了。

在花店里，店员常把新采的菊花放在一只极为粗大的钢桶里，所有的菊花挤在一处，那样大的一丛菊花，虽然没怎么讲究插花的艺术，却远远地就让人眼睛一亮。菊花在花店里不算是名贵的花，但由于它的不易凋谢，格外给人一种好感，因此他路过家附近的花店时，总是习惯性地看看那一大桶菊花。

那一天，他远远就看出一桶菊花的不同来，因为其中有一朵开得特别粗大，有一般菊花的三倍大，足足像一只乡下经常使用的碗公。那朵菊花虽被密密的花包围着，却仿佛有一股力量，要尽量地开放出来。

他忍不住问起那位相熟的花店小姐:"这菊花怎么开这么大,是不同的品种吗?"

"是一样的吧!送来就是这样大,我以前也没有看过这么巨大的菊花,今天还是第一次看见。这一朵可能是个变种。"卖花的小姐说。

"这一朵卖不卖呢?"

"当然是卖的,放着还不是要谢掉? "

小姐告诉他,桶里的菊花每朵三块钱,那巨大的一朵也不例外。他感到意外地廉价,遂用三块钱买了那一朵巨大无比的菊花,小心翼翼地捧回家,插在一只他最喜欢的翠绿玻璃花瓶里。每天读书读累了,他就呆呆地望着那一朵菊花,莫名地追索着:这是生长在哪里的菊花呢?是什么样的土地、什么样的环境才能突然地开出如此巨大的花朵?如果说花是有灵的,这朵花的前生是什么呢?为什么要开这样大的花来炫人眼目?

他异想天开,甚至细细地数着那朵菊花的花瓣,数得眼睛都花了,才数清那朵菊花一共有九十九片花瓣。他为这样奇妙的花而感动了,九十九这个数字,对菊花而言象征了什么呢?

他为了使那朵菊花开得长久,每天换水的时候,总把它的基部剪去一些,以便它能吸取更多的水分。菊花果然愈开愈大,大到他那个细瘦的花瓶几乎不胜负荷。

那几日,因为回家可以看见那朵花,他总是吹着口哨回家。

有一天深夜,他很亲密的一位朋友打电话给他,在话筒那一头呜咽地对他说:"我快死了,快来救我吧!"他放下话筒,奔跑地去开了车,往朋友在郊区山上的住家驰去,为朋友的求救而感到不解。朋友原是个乐观的人,近几年在事业上十分得意,是朋友圈里少数富有的人之一。他虽然犹未结婚,却有一个相恋八年的女友,从学生时代就出双入对,令人羡慕。朋友的父母都是大学教师,身体还算健朗,不至于发生意外。

最不可思议的是,朋友一向热心于帮助别人,大家有什么事业、爱情、婚姻的问题都常向他请教。他博闻强识、见多识广、言语机智,常能把人从垂死边缘中拯救出来——这样的人需要什么帮助?为什么要向人求救呢?

他看到朋友的那一刹那,几乎呆住了。朋友整个人萎缩了,泪流了一脸,整个人和他的头发一样,全是松散而随时要掉落的样子。朋友看到他,紧紧抱住他,嘤嘤哭泣起来,像是一个孩子。朋友哭了半天,他才问:"到底发生了什么事?"

"她走了,她离开我了。"朋友说完这句话,呜咽不能成声。

然后,他在朋友的哭声中,断断续续知道了朋友的故事。朋友相恋八年的女友刚刚向他表明了非离去不可的决心,理由非常简单也非常坚决:她爱上了另一个男人。那个男子和她相识才短短一个月。

那个男子是朋友的部属,是他公司里得力的助手,也是朋友一手提拔上来的。

那个男子几乎不能与他的朋友相比,没有朋友的财富,没有朋友的智慧,没有朋友的风趣,没有朋友的学位,没有朋友的能力,甚至也没有朋友长得帅气潇洒……朋友所有的优点,他都比不上。

"为什么她会爱上他呢?"他问。

"我也不知道。我思前想后,这八年来没有对不起她,她自己也觉得在这个世界上我对她最好。我相信不可能有人会像我一样对她了。他们的认识还是在我家里我介绍的,没想到一个月的认识，就使我们八年的情感付诸流水。"朋友冷静地回想着，情绪逐渐平复过来。

"那么她离开你去找他，一定会有个理由吧？"

"我问过她，希望她走之前告诉我一个理由，否则我死也不会瞑目，你猜她怎么说，"朋友黯淡的脸上现出一抹苦笑，"她告诉我，他从小是个孤儿，家里有一群弟妹要照顾，家中十分贫困，几乎全是半工半读完成学业。他没有好相貌、没有财富、没有家庭，什么都没有，甚至没有谈过恋爱，然后她说，她离开我，我承受得住，因为我什么都有了，不差她一个；可是她如果拒绝他，他就什么都没有了——这是她坚持要离开我的理由。你说是不是很可笑？"

"你是不是真承受得住呢？"

"我怎么承受得住呢？我这么多年来的努力全是为了她，本来我们早就该结婚了，就是因为我想给她一个更好的生活才拖到现在，现在什么都完了，我不知道怎样才能活下去？可是她竟然说我已经成功了，她无法帮助我，可是她可以帮助他，他们可以一起成长……"

"你如果真的活不下去，真想死，就可以不用找我来了吧！"

"啊！啊！"朋友因生气而扭曲了脸孔，"我是可以死的，但是想到为一个离开我的女人而死，实在心有不甘，如果今天是她被车撞死了，我就可以马上和她一起死！"

"你自己已经看破了这一点，那就好办了。她走了以后，你真正的感觉是什么呢？"

"我不甘心，我恨，我受屈辱。她如果找一个比我强的人去爱，我没有话说，偏偏找一个那样的人，这是最让我受伤的！"

"如果你原来爱的是一个极弱的人，那你第二次可能选择一个强的；可是你已经爱过一个很强的，是不是会想爱那个很弱的呢？你种两株花，你会先给那开得好的浇水，还是先给那萎弱的施肥呢？"

朋友沉默了起来，想了半天才说："其实，她的离开，我虽然很悲痛，但真正受伤的不是这个，真正受伤的是我对感情的整个信念崩溃了，我对人间的情感失去了信心，经过这一次，我一定不能再拥有像以前一样的爱了。"

"所有的花，在去年凋谢的时候，都会让人觉得可能永远不会再开花了，可是到了春天，它们又不自觉地开起来。"

"可是总有不会再开的花吧！"

"没有，除非它死去。如果你要死，我愿意在旁边看，你死了以后我会在你的墓碑上刻着：'这里躺着的是一个为爱殉情的人，这样的人类在这个时代已经快绝种了。'"

"你以为我不会死？"

"你真的爱离开你的女人吗？"

朋友想了一下，点点头。

"你爱她就不应该死，因为你死了你就永远没有机会看见她了；她则有两种可能，一种是因为你的死痛苦一辈子，另一种是看不起你，觉得她后来的选择没有错。最坏的情况是，你的死让她觉得无所谓，那么你的死是不是毫无意义呢？"

"可是，如果我不死，我要怎么过下去？他是我的部属，我如果因为这件事把他开除，别人会认为我没有风度；如果我继续用他，我不是要痛苦一辈子吗？"

"假如你不是这么有风度，她也不会跑掉；你要重新开始，你的风度又算什么呢？"

"这是多么可怕的事呀！你最爱的人要离开你，你却毫无能力抓住她，只是眼睁睁地看着她的背影从你的眼前消失，请她多回头看一眼也办不到。"朋友褪去了忧伤，感叹地说。

"在冬天的时候，每一棵树都希望它的叶子不要落下去，却总是眼睁睁看叶子落光，自己要在毫无遮掩的枯枝下过冬，可是在心底保留一个希望，希望春天的时候长出新的芽。朋友，爱情是有季节的，天底下没有永远的春天。我常常说爱情在人生里，好像穿了一件高贵的礼服，是那样庄严、美丽、华贵、令人向往，但没有人能一生都穿着礼服的。"

谈话的时候，朋友临窗的山水之间突然泛起了白色，天已经明亮起来了，他站起来拍拍朋友的肩膀说："你已经得救了，以后的事只有靠你自己。"

他回到家的时候，意外地发现房中的那一朵巨大的菊花，已经在一夜之间谢了，花瓣落得满桌都是。他心疼而怜惜地看着那些落了的花瓣，发现九十九瓣里面，没有一瓣掉落的方向是一样的，距离也各自不同，有的落得很远，好像被风吹过了一样。他想着：这开在同一朵花上的花瓣落下的方向都没有一瓣一样，何况是人呢？人间没有两个爱情故事是相同的吧！正像谢了的菊花，大部分的爱情都会凋谢，却没有两个是完全相同地落在一处。

"对于爱情，我们都太年轻了。而且我们永远太年轻，不知道人活在这个世界上，爱情有多少面目。"他扫菊花时，心里这样感叹着。

一九八四年十二月一日

苦瓜特选

她离去那一年,他不知道为什么开始喜欢吃苦瓜。那时他的母亲在后园里栽种了几棵苦瓜,苦瓜累累地垂吊在竹棚子下面,经过阳光照射,翠玉一样的外表就透明了起来,清晨阳光斜照的时候,几乎可以看见苦瓜内部深红的期待成熟的种子。

他从未对母亲谈过自己情感的失落,原因或许是他一向认为,像母亲经过媒妁之言嫁给父亲的那一代女子,永远也不能体会感情的奥妙。

母亲自然从未问起他的情感,只是以宽容的慈爱的眼睛默默地注视他的沉默。他每天自己到园子里挑一粒苦瓜,总是看见母亲在园子里浇水除草,一言不发,有时微笑地抬头看他。

他摘了苦瓜转进厨房，清洗以后，就用薄刀将苦瓜切成一片一片，晶明剔透，调一盘蒜泥酱油，添了一碗母亲刚熬好还热在灶上的稀饭，细细咀嚼苦瓜的滋味。

生的苦瓜冰凉爽脆，初食的时候像梨子一般，慢慢的，就生出一种苦味来。那苦味在吞咽的时候，又反生出特别的甜味。这生食苦瓜的方法，他幼年即得到母亲的调教，只是他并未得到母亲挑选苦瓜的真传，总觉得自己挑选的苦瓜不够苦，没有滋味。

有一日，他挑了一粒苦瓜正要转出后园，看见母亲提着箩筐要摘苦瓜送到市场去卖。母亲唤住他说："你挑的苦瓜给我看看。"

他把手里的苦瓜交给母亲。

母亲微笑着从箩筐里取出一粒苦瓜，与他的苦瓜平放在一起，问说："你看这两粒苦瓜有什么不同？"

他仔细端详两粒苦瓜，却分不出它们有什么差异。母亲告诉他，好的苦瓜并不是那种洁白透明的，而是带着一种深深的绿色；好的苦瓜表皮上的凹凸是明显的，不是那种平坦光滑的；好的苦瓜不必巨大，而是小而结实的。然后，母亲以一种宽容的声音对他说："原来你天天吃苦瓜，并不知道如何挑选苦瓜，就像你这些日子受着失恋的煎熬,以为是人世里最苦的,那是因为你不知道还有比失恋更苦的东西。世界上没有不苦的苦瓜,就像没有不苦的恋爱。最好的苦瓜总是最苦的,但却在最苦的时候回转出一种清凉的甘味。"

他默默听着,不知道如何回答母亲。

母亲指着他们的苦瓜园,说:"在这么大的园子里,怎么能知道哪些苦瓜是最好的?哪些苦瓜是在苦里还有甘香的?如果没有经过几十年的磨炼就无法分辨。生命也正是这样的,没有人天生会分辨苦瓜的甘苦,也没有人天生就能从失败的恋爱里得到启示;我们不吃过坏的苦瓜,就不知道好的是什么滋味;我们不在情感里失败,就不太容易在人生里成功。"

他没想到母亲猜中了他的心事,低下头来,看到母亲箩筐边的纸箱上写了"苦瓜特选"四个字。母亲牵起他的手,换过一粒精选的苦瓜,说:"你吃吃这个,看看有什么不同?"

他坐在红木小饭桌边,吃着母亲为他挑选的那粒苦瓜,细细地品味,并且咀嚼母亲方才对他说的话,才真正知道了上好的苦瓜,原来在最苦的时候有一股清淡的香气从浓苦中穿透出来。正如上好的茶、上好的咖啡、上好的酒，在舌尖是苦的，到了喉咙时，才完全区别出来有一种持久的芳香。

望穿明亮的窗户，看到后园中累累的苦瓜，他在心中暗暗想着："如果情感真像苦瓜一般，必然有苦的成分，自己总要学习如何在满园的苦瓜里找到一粒最好的、最能回甘的苦瓜。"

然后他看到母亲从苦瓜园里穿出的背影，转头对他微笑，他才知道母亲对情感的智慧，原来不是从想象来的，而是来自生活。

一九八四年十月十一日

南坎新娘

天空忽然下起大雨，狂骤的雨势掩没了早晨出门时晴朗的阳光，而我们正在南坎的乡道上。路两边原来植满了翠绿的稻子，由于雨的关系，田地里的绿幻成一片白茫茫的雾景，使我们仿佛回到了十几年前的南坎。

南坎，本来是一个经营农业的小城。高速公路筑成以后，好像在一杯上好的咖啡里加了糖水和奶精，使南坎人的生活由缓慢的步调加进了工商业的节奏，咖啡变得甜美容易下口了，却同时也失去它原来的真味。我以前很喜欢南坎，常到那一带去看种田和种菜的农人，但每一年前往，似乎都能感受它急速的变化，一杯咖啡快要被糖水奶精取代，有时不免难过。但想到有人爱喝甜腻的东西，也便释然了。

我因为乡道积水，视线不清，想要找一个地方歇息，发现前方不远处正在办喜事，响脆的鞭炮穿过雨阵，传来一连串闷哼的声音。我把车子停在那户农家的庭前，中午的宴席正要开场，人声喧哗。

原本用来晒谷的院子，搭起了帆布的雨棚，摆满十几桌酒席，农户的亭仔脚也摆了三桌。大家无视突来的春雨，围着红布圆桌嗑瓜子，等待着酒席的冷盘。屋前两个巨大的音响播放着结婚进行曲，丝丝从雨网中穿透出来，更增添了不少喜气。

看到我们的车停下，屋里的主人撑伞来迎接我们，以为是远道而来的贺客。我说只是路过，想在他的屋子里等雨停。主人不由分说："既然来了，就让我们请吧！乡下粗菜，请不要介意。"把我们迎进亭仔脚"主席"边的一桌，大家挪挪座位，我和妻子就挤进去了。

同桌的人告诉我们，大家正在等着新娘到来，按照看好的时辰，新娘应该在十点抵达，十一点进房，十二点准时开桌。可是这时已经十二点，新娘还没有到来，已经放过两次鞭炮了。一位客人说："大概被雨挡住了，这雨这样大。"

我们刚说完，远方就传来哗哗剥剥的鞭炮声，猜想是从车里沿路放过来的，这边大厅"八仙彩"下一串长长的鞭炮也随之呼应。中年的主人吩咐开席，把进房、拜公等礼节都省去了。

新郎新娘看起来颇令人惊讶，非常年轻。新娘还挺着肚子，宽大的白纱礼服都掩不住她腹中的小生命。

席间，陆续有人对我说起这对新婚夫妻的故事。新郎与新娘是乡下高职的同班同学，两人都只有十九岁，到今天他们结婚的日子，新娘腹里的胎儿已经七个月大。而新郎下个月要入营服兵役，双方家长因此决定让他们现在结婚，一方面解决了孩子将要诞生的难题，另一方面则让新郎安心前去军营。乡人笑着告诉我："新郎因为务农的关系，身体强壮，抽到海军陆战队，是三年兵，等他当兵回来，孩子都会跑了呢！"

两边的家长都赞成这门亲事，并不以为儿女早婚有什么不好。这时我才知道新娘的父亲十八岁就结了婚，今年仅仅三十九岁。

酒席吃到一半，由新郎的父亲自任司仪（听说原本请了县议员，可能雨太大了未能前来），出来介绍新人，他说："今天大家来吃我儿子的喜酒,可以说是三喜临门:第一喜是他年纪这样小就讨了媳妇;第二喜是他下个月就要入营服役,在这里一起请了;第三喜是他的孩子七个月了,今天是新郎,三个月后就正式做爸爸了,这一桩,生了以后还会再请客……"众人报以热烈的掌声,并且议论纷纷,经过主人这样的介绍,好像一霎时整个喜气弥漫了,干杯之声不绝于耳。

桌上的菜,是乡间典型的台湾酒席,鱼肉异常肥大,有许多干料。刚开席就每人发一个塑胶袋,以便把没有吃完的菜肴打包回家去,这些打包回家的菜在乡下叫"菜尾仔",是一般家庭桌上的美味。看到吃剩的菜被分而包之,我心里非常感动,想起以前在家吃饭,桌上不可以掉一粒米粒,掉了也要捡起来吃,老人家常说:"浪费天地粮食是要遭雷劈的。"

怀胎七月的新娘陪着新郎一桌桌敬酒,一点看不出有羞怯之意,喜气洋洋的,有许多宾客还开她玩笑说:"肚子尖尖的,一定会生个男孩。"新娘看着自己的肚子,径地笑。

新娘这一刻看起来是非常美丽健康的,大家和她一起预想着怀中的小生命,充满了愉悦的祝福。我想起旧日乡间怀了孕的少女结婚,家长总是引为羞耻,不敢隆重举行婚礼,几乎是偷偷地把女儿嫁了。如今这样真好,怀孕结婚有什么不好呢?这种事已经司空见惯,完全被传统的礼教接纳了、包容了。即使生在最偏远的农村,人们的观念已经改变,使南坎新娘也能挺起胸来迎接新的人生,受到大家的祝福。

但是有许多节俭刻苦的习惯还保存着,像在酒宴里把剩菜带回家去,这并不代表农家没有足够的食物,而是一种不忍,不忍心把大地的赐福随意丢弃。这样的惜物不只台湾才有,听说从前的北平饭馆,在后门备有一个小间,剩下的菜肴分类处理,供给贫穷的人和流浪汉。那不是乞食,而是"惜物"。

酒宴结束以后,主人带我们参观房舍。房子是长型的,显得十分幽暗,新旧不一。主人告诉我,房子原来仅有一个大厅、两间房,他结婚时父亲为他盖了一间,两个弟弟结婚又各盖一间,三兄弟生了十四个孩子又添加了五间。这回长孙娶媳,盖了一间崭新的,布置得花团锦簇。从一家的房间纵线结构,我们几乎体会到农村繁衍的面目,房子也可以如此,一直扩建,似乎将来也能往无限扩展出去。

最令我赞叹的是，新房的旁边有一间猪舍，养了七头小猪，猪舍旁一排鸡笼，十几只鸡蹲踞其中。主人说："其实用不着养这些，但有许多剩下的食物丢掉可惜，养些猪鸡，过年过节就可以吃了。"——农村人民的惜物，在这里又得到明证，那是因为他们是真正的生产者，了解一粒米的结成非常不易。

告辞离开时，雨势已经很小了，天空也逐渐清朗。我觉得这实在是一个愉快的周日下午，对于喜事，心里充满了祝福。最感动的还是广大的农村民众爱惜食物的心情，有了这些，即使南坎正在工商业的刀口上改变，但是农人本质的芬芳还在幽暗的弄堂中保存；有了这些，我觉得台湾的农村不至于在冲击下崩解，他们还可以长久地走这条温暖的道路。

一九八四年八月二十九日

海的儿女

"给我们讲关于海的事,好吗?"有一天,我带着几个小侄儿到海边去,都市的小孩子很少看海,突然这样要求我。

我有什么资格告诉他们关于海洋的故事呢?海在过去,曾经有过无数文学家给它赞美、为它颂歌;也有无数的人依它生活,充满了血泪;同样也有无数的人在里面埋葬,在雄伟的海前,完成了他们渺小的一生。他们都有资格来为我们讲海,但他们也同时没有一个真正了解海。

——海不是用来被人了解的,海是用来给人感动、启示、联想,乃至于教人生活的。

我的海洋经验说起来十分渺小,但我可以说是爱海的。我的学生时代，有三年是在海边的学校度过，每日黄昏放学以后，我就孤单地到海边去，顺着台南的安平海岸散步，静静听着海洋的呼吸。有一次台风前夕，甚至在海岸看着呼喊的海啸，巨浪冲天，背面的天空则是一片光灿到不可逼视的橘红。那时我为海的伟大而深深感动，但我并不能确知海，因为那时我刚从山上的农家来到海边的学校。

当我开始认识到班上的同学，才发现我的同学绝大多数来自海边，他们的家长都依海维生，但从事不同的工作。有的是盐民，靠着将海水引进晒成白颜色的盐生活；有的是蚵民，在海边插下蚵种，等待海洋的孕育与收成；有的是农民，他们在离海不远的沙地上种西瓜、香瓜以及花生。海埔地虽然贫瘠，但仍然生养他们；最多的则是渔民了，他们几乎天天到海里去捕鱼，有的是沿海、近海，也有远洋的。我那时才知道远洋的渔民一出门便一年半载看不到土地，另外有一种也算渔民，他们在海边围成鱼塭，养虾蟹和虱目鱼。

我慢慢理解，原来光是在海边竟是有这样不同的生活，那海里的多样更不用说了。有时候接受同学的邀请，我就住在他们海边的家里，白天与他们到海边去劳动和游戏，晚上则目送同学的父亲出海去讨生活，清晨则看着海边的风向球，等待归航的船只。在曙光初透的时刻，在鱼市场看渔民拍卖一箩筐一箩筐的鱼货，并互相谈询着昨夜的海上以及今夜和未来几天海洋里可能的变化。

海是每天都不同的，海是每一时刻都在变动的。

高三那年，一位要好的同学在课室上流泪，我才知道不久前他的哥哥在远洋渔船遇到风难而找不到尸体了。我的同学短短几天里就坚强起来，使我惊奇，后来才了解依海维生的人早就看清了自己的宿命，那就像我们与盐民在海边踩水车，踩快的时候，有时会一脚踏空。不同的是，水车可以再踏一脚，在海里则没有这种机会。

当我开始比较会生活以后，我就在旅行的时候到海边去住宿。虽然有时候到垦丁这一类的地方只是去感觉海水的温度，看海边的浪，以及接受银光色水母的攻击。更多的时候我是到海边去生活，我曾在澎湖大仓岛的渔民家里住过，申请出海证，到沿海一带去捕鱼。

我曾在宜兰东澳的渔民家住过,白天在东澳小学教小学生读书,夜里坐在有海风的庭前,听年老的渔民回忆海边的风浪。后来认识了海防士兵,他们特准我在深夜坐在海边,想象海里发生过的故事。

我曾在基隆八斗子海边渔家住过,那时八斗子海边正要扩建码头,不得不拆去海岸的妈祖庙。我因为感同身受,便同渔民抗议庙的拆除。虽然庙还是不得不拆,但那一回我深刻地知道,一辈子捕鱼的人对大海还是敬畏的,因此任何海边都有庙宇,而不论何时出海,出海前都要放鞭炮。

我也曾在台南四草的养蚵人家住过,白天和他们撑着竹筏到海岸去采蚵,并把蚵运到邻近的市场;夜里在砖屋前喝米酒唱渔歌,放松着,准备明日的奋斗。

如果说,渔民是海里的农夫,我曾和他们一起入海耕耘;如果说,渔民是海的挑战者,我曾和他们一起抗争;如果说,渔民是海的儿女,我曾经与他们一起投入母亲的怀抱;如果说,渔民对海还有恐惧,我曾和他们一起烧香祷告,祈求平安。

但如果说,这样我就算了解海,并不是的。我和一位大我十岁的渔民谈海,他告诉我,他七岁时就开始下海谋生,但还是不了解海。他说:"像我们出海,没有一个人下网前能估算捞起来时的收获。"又说:"甚至到现在,我还不知道自己居住的海边有多少种鱼,常常有一些鱼捞上来,连我都没见过。"他还说:"就说天气好了,我还不敢把握每一天海上的天气呢!因为海最敏感,陆上无风时,海上可能正刮着大风呢!"

从来没有人能知道完全的海吧!我曾走过闻名世界的科林斯地峡,它凿通地中海和爱琴海。我站在地峡往两边望,一边是青森色,一边是蔚蓝色,而地峡的水是透明的浅蓝,光海的颜色就让我们不能猜度了。

海明威的《老人与海》算是最伟大的海洋文学了。表面上,老人与海洋的抗争结束,老人战胜了鲸鱼,可是真正的本质里,海还是大到无以对抗的。

海是那样多变吧!却又不尽然。我有一位远洋渔船的船员朋友,每次出海就是一年多,海洋里单调的生活常常使他想自杀。可是一旦回到陆地,夜里一听到船只出港的汽笛声就心情激荡,想再回到大海的怀抱。他在那样又爱又恨的情绪里,在海洋上度过他大部分的青春岁月。

记得我在澎湖大仓岛居住时，每天和大仓小学的孩子在操场上打篮球，篮球板的背面就是大海，传球稍微不慎，篮球就顺着岩岸滚入大海。孩子马上纵身跑入海中拾球，继续比赛，常常一场球打下来，到海中捡二十几次球。

我教孩子读书是困难的，因为在澎湖的大仓岛上，你无法告诉孩子什么是火车，什么是汽车，什么是冷气，什么是电扇。这些现代的东西岛上都没有（岛上用火力发电，每天夜里八点到十点供应两小时，所以孩子知道电灯）。

甚至也没法让小孩知道什么是河流，什么是山，什么是稻子（岛上既无山也无河，唯一能够生长的作物是花生与番薯）。我们也无法让孩子了解陆上的动物，这里的陆上除了猫狗，几乎没有其他动物。

可是要谈起海洋呢！我在小学生的面前就显得无知而渺小。每一个七岁以上的孩子，都能够辨认海边的渔具和虾蟹，会帮母亲补网，能够在海中空手捕到一些鱼类。他们知道几月份可以出海捕鱼，出海的时候可以捕到什么，捕小管和捕沙虾的工具有什么不同。而且也知道什么样的风向不宜出海。

我甚至向一个五岁的孩子学到如何用石头剖开海胆,挖出里面的肉烤来吃;如何分辨可食用的海参和有腥臭不能吃的海参;如何用腐肉在岩岸边捕捉行动迅速的小蟹……

海洋的学问是这样大,几乎比陆上还要复杂,可是生活在海岛上的大海儿女,他们一出生就学会了那些学问。

那么我有什么资格向陆上的孩子讲述海洋的故事呢?要了解海洋,唯一的方法是住到海边去,要知道海洋的故事,就要和海的儿女做朋友。

大地是我们的。

海洋也是我们的。

大地的儿女是我们的孩子。

海洋的儿女也是我们的孩子。

他们在日常生活中得来的智慧与启示,就是我们明日的希望。

一九八四年八月二十日

小河里有白鹅

教孩子唱儿歌的时候,有一首二十年没唱的几乎遗忘的小歌,突然溜到口边,一下子唱了出来:

我家门前有小河

后面有山坡

山坡上面野花多

野花红似火

小河里有白鹅

鹅儿戏绿波

戏弄绿波

鹅儿快乐

昂头唱情歌

孩子还小,根本听不懂这首儿歌的意思,只是哼哼哈哈地学唱,但我自己唱着,竟先感动了起来。这是非常简单的一首儿歌,全部是真景实境的描述,凑在一起,却带给人开朗明快的情绪,说不出来的天地辽阔的感觉。

我一遍一遍地给孩子唱这首歌,他竟听得沉沉睡去了。我坐在儿子的小床边,看着他安详的面容,竟仿佛回到了自己童年学唱这首儿歌的时候。

那是小学三四年级,记得老师在音乐课上只花了一个小时,就把全班四十几个同学全教会了这首歌。为什么大家学得这么快呢?原因是那是每一个乡下家庭的真实情况,几乎每家前的不远处都有一条小河,后面总有个山坡,河里有游耍的白鹅,山坡上开满鲜红的野花。因此我们在唱歌的时候,虽然坐在教室,却从每一句都看见了真实的情景,留下极为深刻的印象。

我从来并不常唱这首歌,不期经过二十年它自己从心底跑了出来，我这才知道，原来一首歌也自有它的生命，并不会在时间里消失。消失掉的反而是歌里所描写的东西，不要说都市了，连乡下的老家也没有小河山坡，更别说野花白鹅了。

以我的旧家来说，家前本是小河，家后正是山坡，但山坡在多年以前就被铲平，盖起一座市场，每天人来人往，声音嘈嘈；近几年，家前小河边的蕉园被划为都市规划里的商业区，没多久盖起一家客运公司，两旁全是卖吃食的小店和计程车行。为了大客车行走方便，在小河上修了两座宽达二十米的大水泥桥。

小河几乎完全看不见了，唯一露出来的一段，全被住户堆满垃圾，直到快要看不见流水的地步。真没想到，百年来被小镇农民倚为命脉，在上面灌溉、洗衣、钓鱼、玩耍的小河，如今几乎完全失去功能，甚至早就没有鱼了。这条河在小镇逐渐的商业化里，仅存的功能就是在雨季来临的时候，把垃圾冲刷到远方去。

商业小镇需要什么河和山呢？需要什么田野呢？小镇的山被铲平，河被掩盖，过去赖以维生的农田由于多数人的转业也日渐在缩小。人在繁衍，屋子在增建，道路要扩宽，工厂陆续盖起，甚至使白鹅野花也没有容身之地。

过去在乡下，每家每户或多或少养着鸡鸭、白鹅和火鸡，以便做为过年过节的团圆祭祖之用，或者款待远地来的贵客，现在想起来，养家禽不是为了经济的理由，一来是六畜兴旺，乡人相信可以兴家；二来是珍惜五谷，吃剩的饭菜不忍丢弃，正好用来养家禽；三来也是一种景观，由于家禽的点缀，使农村更有生气。本来寂静的午后，几只有斑灿羽毛的公鸡横过小路，偶尔引颈而吟，顿时使一个小镇充满了声音与色彩。

现在不同了，市场里永远贩卖价廉的鸡鸭。而人们的观念改变，也舍得把吃剩的食物倒弃了，家里养几只白鹅，快乐地在河上唱情歌已经完全失去意义。都市的孩子唱起这样的儿歌更是莫名所以了。

有时候我们真希望给孩子一个良好的生长环境，我觉得最好的当然是前有小河后有山坡的那种，每天从门槛出来，马上看到一个无尽的天地。这个愿望看起来很小，却并不容易做到，即使找到有河有山的地方，河已无鱼无虾，山已无草无花，那么河山有何意义？

我们有许多儿歌迟早都要变成一种原野的乡愁，因为孩子不能了解过去的世界，我们也对这种环境的改变无能为力。

一九八四年七月二十五日

秀才骑马

小时候,家乡流传过一首好听的童谣,我现在还记忆鲜明……

  秀才,秀才,骑马弄弄来;

  坐马顶,跌落来,跌一下真厉害;

  嘴齿痛,糊下颔;

  目睭痛,糊目眉;

  腹肚痛,糊肚脐;

  嘿!真厉害!

这首童谣不是用唱的,而是用吟的,用闽南话读起来特别有味,是旧时我们用扫把当竹马骑时边跑边念的，愈唱愈快，直到人仰马翻才停止。

那时候我们对"秀才"的印象并不真确，只在歌仔戏台上看过，每个秀才都是女扮男装，涂着厚厚的脂粉，然后寒窗苦读十年或者数十年，年年进京去赶考。每个秀才都是眉清目秀，弱不禁风，进京赶考的时候，往往有书童帮他们挑着两箱厚重的行李。偶尔骑在马上，也是马童侍候，牵着一步一步慢慢走，万一中了状元，回乡时的马匹众人簇拥，倒也无虑落下马来——我们对"秀才骑马"的联想大致是这样的。

因此，儿时唱的这首童谣有一点点恶戏的味道，似乎秀才骑马快跑（弄弄是形容速度）免不了要跌下马，加上秀才的身体虚弱，随便一摔，伤势就很惨重。

而且秀才好像除了读书，不懂别的事。牙齿痛，他把药涂在下巴；眼睛痛，却涂眉毛；肚子痛，则涂在肚脐上了。

过去的乡下，一乡也出不了几个读书人，秀才更是罕见，我们每回看到三合院的屋顶有高耸的燕尾，就知道那家人的祖上似乎是出过秀才的。那时候我们唱这样的童谣，心里虽也肃然起敬，但不免为秀才的文弱感到可笑。

说起过去的书生，到宋朝以后，文武双全的人实在太少，为的是要考科举。假如他平时也骑马练身体，不就荒嬉了功课吗？以前读书只是读书，管不到其他的事。

最近开始教儿子唱童谣，突然忆起"秀才骑马"的歌，孩子当然不能懂歌中的含意，我自己却因而感触良深。

其实，秀才在古代只是受过基础知识教育的学生，宋朝时，凡是到京城去考科举的都称为秀才；到明清，凡是进入府州县的"学生员"全部叫秀才。比照今天来说，秀才的程度顶多是个高中学生，这样，我们现在差不多到处都是"秀才"，在古代只是物以稀为贵而已。

想到秀才，便想到现在的高中学生不正如古代秀才为了考试几乎牺牲了一切吗？我有一些亲戚的孩子正在读高中，最近放暑假，他们完全没有享受到暑假的乐趣：早上学校要上课外辅导，下午要上补习班，晚间还要写作，复习功课。一看到那些文弱的戴着深度眼镜的青年，心中不免一痛，浮起那骑马跌落的秀才形象。

到底什么时候,我们的秀才能骑马奔驰不会跌落马背呢?至少我期望自己的孩子不要成为童谣里那样的秀才。

一九八四年九月七日

武昌街的小调

有时候到重庆南路买书，总会不自觉地到武昌街去走一回。最近发现武昌街大大不同了，尤其在武昌街与沅陵街交口一带，现在热闹得连举步都感到困难，假日的时候要穿过沅陵市场，真是耐力大考验，即是严冬，也会因人气的蒸腾而冒出满头大汗。

在那么热闹的地域，总觉得缺少了什么，至于少了什么，则一时也想不清楚。有一次下雨，带孩子走过武昌街，正好有摊贩来叫卖小孩的帽子，掏钱买帽子的时候，猛然醒觉起来：这不是周梦蝶的书摊吗？怎么卖起小孩的衣帽鞋袜了？这时也才知道武昌街上缺乏的正是诗人周梦蝶。

长长的武昌街上，少一个人多一个人是没有什么的，可是少的是周梦蝶就不同，整个武昌街于是少了味道，风格也改变了。

记得旧日周梦蝶在武昌街摆摊的时候，有时过去买两本书，小立一下，和周公闲聊几句；有时什么都不干，只是看剃了光头的诗人包卷在灰布大袍内盘膝读经书，总觉得有一轮光晕在诗人的头颅以及书摊四周旋舞。最好是阳光斜照的清晨，阳光明媚的色泽映照着剪影一般的诗人消瘦的脊背，背景是花花绿绿的书背，呀呀，那几乎是一幅有音乐的图画了。

当时我们的年纪尚小，文学的道路迢遥幽渺，但是就在步行过武昌街的时候，所谓文学就成了一种有琉璃色泽的东西，带引着我们走。十几年前，武昌街就非常非常热闹了，可是总感觉周梦蝶坐的地方，方圆十尺都是十分安静的，所有的人声波浪在穿过他书摊的时候仿佛被滤过，变得又清又轻，在温柔里逸去。我常想，要怎么形容那样的感觉呢？虽是尘世，周梦蝶却是以坐在高山上的姿势坐在那里；虽是万蚁奔驰的马路，他的定力却有如在禅房打坐。有时候我觉得他整个人是月光铸成的，在阳光下幽柔而清冷。

第一次见到诗人，是高中毕业上台北那一年，那个时候周梦蝶和明星咖啡店都是如文学一样的招牌，许多成名的作家常不约而至在明星咖啡店聚集。明星咖啡店的灯光略显阴暗，木头地板走起来叩叩作响。如果说那样普通的咖啡店有什么吸引人的，就是文学了。因为文学，不管什么时候去，明星咖啡店都透着暖意。

偶尔，周公也会从他路边的摊子到明星咖啡店里面来坐，来谈禅说诗。他的摊子从来不收拾，人就走离了。有初识的朋友担心他的书被偷，他就会猛然咧嘴而笑，说偷书是雅事，何必计较？周梦蝶爱吃甜品，寻常喝咖啡都要加五六匙糖，喝可乐亦然，真不知为什么，有一个朋友说："吃得很甜很甜也是一种修炼。"

我少年时代印象中的周梦蝶，就像是一座掩隐在云雾里的远方的山，他几乎大部分时间是沉默的。有时候和一群朋友去找他谈天，中心人物应该是他，可是回家一想，才觉察到那一天里他说的话还不到三句，他是那样深深地沉默。

那么深的沉默，使周梦蝶的身世如谜，甚至忘失了他原来的名字。只在谈话间慢慢知道，他曾做过图书管理员，结过婚，有过孩子，教过书，也当过兵，而他最近的一个职业是众人皆知的，就是武昌街上一家小小书摊的摆渡者。

我和周梦蝶不能算顶有缘,那是因为他太沉默,我又不是个健谈的人。我结婚的时候,他仍穿着他的灰布大褂,送了我两本书,一本是他亲自校过的诗集《还魂草》,一本是钱锺书的散文《写在人生边上》,还有一幅横批,写着一首诗:手套与爱。从他一丝不苟的字看来,他即使对待普通的晚辈也是细致而用心的。他的字和他的人是一个路数,安静的、没有波动的,比印刷的还要工整。他写字和吃饭一样。他吃饭极慢极慢,有一次朋友忍不住问他:"为什么吃饭那样慢?"他的回答是:"不这样,就领略不出这一颗米和另一颗米不同的味道。"——这话从别的诗人口中出来不免矫情,但由周梦蝶来说,就自然而令人动容。

打老早,周梦蝶开书摊的时候,他就是很穷的,过着几乎难以想象的清淡生活。其实他可以过得好一点,但他总七早八早就收摊,又常常有事就不卖了,遇到有心向学的青年还舍不得赚钱,宁可送书。最主要的原因是他卖的书全是经自己的慧眼挑选过的,绝不卖一些乱七八糟的东西,这个态度,使人走到他的书摊有如走入作家的书房。可卖的书实在非常有限,自然就没什么利润了。一个有风格的人即使摆个书摊,也还是表现了他的风格。

一九八一年，周梦蝶肠胃不适，住院开刀，武昌街的书摊正式结束，而武昌街的调子也就寿终正寝了。他去开刀住院时仍是默默的，几乎没有惊动什么，如果不是特别细心的人，恐怕过武昌街时也不会发现少了一个书摊。对很多人来说，有时天上有月光或无月光是没有什么关系的。

周公原来就清贫，卖书收入菲薄，写诗的速度比吃饭更慢得惊人。他总的合起来，这一生只出版过两本诗集：《孤独国》和《还魂草》（后来《孤独国》挑出一部分与《还魂草》合并，以他的标准，总共只出版了一册）。虽说诗风独特，但因为孤高幽深，影响力并不算大。生病了之后，生活陷入困境，一些朋友合起来捐钱给他，总数约有十一万元。生病好了以后，他就靠这十一万元每个月的利息两千元过日子。

如今最穷的学生，每个月的花费也超过两千元，周公的生活更低于这个标准，他过什么样的日子可想而知。不幸的是，向他借钱的朋友做生意失败，把他仅有的十一万元都赔掉了。现在，他一个月连两千元都没有了。朋友当然都替他难过和不平，只有周公盘腿微笑不以为意。他把自己超拔到那样子的境界，有若一株巨树，得失已如一些枯叶在四旁坠落，又何损于树呢？

周梦蝶自从在武昌街归隐，就潜心于佛经，用心殊深。这两年来有时和年轻人讲经说法，才知道他读经书已有数十年了，他早时的诗句有许多是经书结出来的米粒，想来他写诗如此之慢、如此之艰苦是有道理的。精读佛经的人要使用文字，不免戒慎恐惧起来，周公自不例外。但他近几年来勘破的世界更广大了，朋友传来一幅他的字，写着："一切法，无来处，无去处，无住处，如旋火轮，虽有非实，恨此意知之者少，故举世滔滔，无事自生荆棘者，数恒沙如也。"可知他最近的心情，有了这样的心情，还有什么能困惑他呢？

记得他说过，算命的人算出他会活到六十岁。他今年已经六十八了，早活过大限，心如何能不定呢？

上个星期，朋友约我们去听周公"说法"，才想起我们已整整三年没见了。那一天也不能算是说法，是周梦蝶自己解释了一首一九七六年发表的诗《好雪·片片不落别处》，讲解每一句在经书里的来处，或者每一句说明了经书的哪个意旨。原来句句都有所本，更说明了诗人的苦心。那诗一共有三十三行，却足足讲了五个小时，每一行说开了几乎都是一本书了。

但我其实不是去听法的，我只是去看诗人，看到了诗人等于看到了武昌街，看到了武昌街等于回到了明星咖啡屋，而回到了明星咖啡屋就是回到了我少年时代的一段岁月。那一段岁月是点火轮不是旋火轮，是真真实实存在过的。当我看到周公仍是周公，大致仍如从前，心里就感到安慰了起来，座间的几个朋友也是少年时代的朋友，十几年就这样匆匆过去了。

当我听到周梦蝶用浓重的口音念出这两段诗：

生于冷养于冷壮于冷而冷于冷的

山有多高，月就有多小

云有多重，愁就有多深

而夕阳，夕阳只有一寸！

有金色臂在你臂上扶持你

有如意足在你足下导引你

憔悴的行人啊！

> 合起盂与钵吧
>
> 且向风之外，幡之外
>
> 认取你的脚印吧

真是深深地感动，人间不正是这样的吗？爬得愈高，月亮就愈小，云更重，愁更深，而那天边巨大的夕阳，也只是短短的一寸，我们还求着什么呢？我们还求着有一天回到武昌街的时候，能看到周梦蝶的书摊吗？这个世界虽大，诗人摆摊子卖书的，恐怕也不多见吧！

向诗人告别的时候，我问起朋友，诗人现在依靠什么过日子？朋友说，诗人以前拿过枪杆子，是退伍军人，也算荣民，现在每个月可以领五六百元的退休俸，他就靠那五六百元过日子。有时会有一些稿费，但稿费一个月也不超过五、六百元。听了令人伤感，对于一位这样好的诗人，我们的社会给了他什么呢？

走在忠孝东路深夜的街巷，台北的细雨绵绵落着，街已经极空了，雨还这样冷，而且一时也没有停的样子，感觉上这种冷有一点北国的气味。我忍不住想起诗人的诗句："冷到这儿就冷到绝顶了""我们都是打这儿冷过来的""这雪的身世,在黑暗里,你只有认得它更清,用另一双眼睛"……

我在空冷的大街站定,抬头望着墨黑的天空,才真正绝望地知道:武昌街的小调已经唱完了。

武昌街的小调已经唱完了,岁月不行不到,愈走愈远。书摊不在,明星已暗,灯火在很早很早以前就已阑珊。

一九八五年三月一日

吴郭鱼与木瓜树

吴郭鱼

十五年没有和哥哥一起去钓鱼了,哥哥说:"难得放假,一起去钓鱼吧!"

我们幼时常一同钓鱼,总在屋后竹林中泥泞地面挖一些小红蚯蚓,那是最好的钓饵。有时找不到红蚯蚓,就捞粪坑里的蛆虫洗净,置放在装了米糠的桶中。因此我询问他:"我们再也找不到蚯蚓和蛆了,用什么当饵呢?"

"这容易,烤两个番薯就行了,现在去的鱼池,即使用草根当饵，鱼也会上钩的。"

出发的路上，哥哥告诉我，我们要去的鱼池原是一片稻田，因为种稻没有收入，农人将之改成鱼塭，养殖吴郭鱼。现在吴郭鱼也便宜得不像话，光是养殖及捞取的人工都赚不回来，如果要填平再种稻更是费神费事，因此鱼池的主人丢下鱼池不知何去。这座鱼池完全被弃置，甚至连钓鱼的人都很少来了。

哥哥说："吴郭鱼是很耐命的，即使没有人养，它们也快速地生长和繁殖，到现在，鱼池里满满的鱼，甩饵下去时都会打到鱼头哩。"哥哥笑起来，"所以我说饵没有关系，这些鱼饿了很久，你随便丢一根草都要抢着吃的。"

这番话对我是最好的安慰，哥哥素来知道我钓鱼技术不甚了了，说话不免夸张，使我钓鱼前产生一点信心。我们提着钓具，从柏油路上转入一条满布土石的产业道路，两旁全是正在蓬勃生长的香蕉树，偶有一些刚插秧过的稻田，还种了柑橘与木瓜。

我们小时候常在这一带嬉戏，以前是一望无边的水稻田，一直连到远处的小山下，甚至依山而上还有几畦绿色的稻田。现在稻田正日渐退缩，其实也不全因为政府鼓励转作，而是在鼓励转作之前，稻米已经无价无市，农人们不得不改植其他作物。转作的作物各自不同，算是在无路里，各自赌自己的生计。

产业道路的尽头就是鱼塭，主人在平地上原本有稻田，山坡上也有稻作。为了转营鱼塭，他毁弃了稻田，请挖土机挖成鱼池，就着原来灌溉的小溪蓄水，就那样从农夫变成渔民。"稻子的收入真的那么不堪吗？"我问一直在乡下教书、闲时帮忙耕种的哥哥。他说："讲起来很少人能相信，一甲稻田扣掉开销，只能净赚一万多台币，还不如工厂的工人一个月的薪水。"

至于鱼塭，原本是很好的行业，可惜最近一阵子消费的趋势改变，爱吃吴郭鱼的人少了。一般人觉得这种鱼并不高级，听说在乡下市场里，一条鱼还不到十元的价钱。

我们摆好钓具，哥哥说："这些鱼已经很久没有人养了，我用草茎钓给你看。"他随意在池边拔起一株草，折下一段草茎钩在鱼钩上，用力甩下鱼池，落下的草引起池中的鱼一阵骚动，全部蜂拥而来。不到三分钟，哥哥收起钓竿，钩上正钓着一条肥厚的吴郭鱼，哥哥说："你看，这鱼饿得太久了。"

"怎么还长这么肥？"我问。

"听说为了加速鱼的生长,他们在鱼池里投放荷尔蒙,现在大概荷尔蒙还未消失呢!"

我们在鱼池边静默地钓鱼,那鱼是我看过最容易上钩的,连我这多年没拿过钓竿、常被取笑与鱼无缘的人,也眼睁睁地看着鱼一条一条地上钩。可不知道为什么,心里非但没有钓者那种收获的愉快,反而有一种说不出的哀伤之感。想到这样的一池肥鱼,在物质匮乏的年代实在是求之不得的,二十几年前的乡下,桌上只要有一条鱼下饭,是家庭里一件了不得的大事了。现在连吴郭鱼都没有人要吃,养鱼的人甚至弃养。即使如今,住在都市的人也不能想象如此的景况。

最不堪的是,这鱼池还是从稻田转作的。鱼贱如此,稻米也可想而知,怪不得哥哥每从田中回来,时常感叹地说:"以前人说士、农、工、商,这个秩序要重新排列,现在是商、工、士、农了。"

农作的艰辛历千年来都如此,但农价之贱恐怕是千年所未曾有。我的父亲爱说笑,有一次他从花市回来,说:"想不到十斤米的价钱才能买一把玫瑰花。"他觉得好笑,我们却都听到笑中有怨怼之意。说花还是远的，一双孩子的小鞋，也是好几斤米价。

有时返乡会陪母亲到市场，才发现都市里的菜价远是乡下的数倍。我的伤痛是：如今交通这样便利，为什么都市与乡村的农作价格有那样大的差距？总想知道那中间的一段差距是怎么来的。乡下的香蕉一斤卖不到一元，在台北市却从未低于十元，难道经过一截现代筑成的高速公路，可以使香蕉涨价十倍吗？

钓鱼时想这些，与哥哥也时相讨论，但没有结果。吴郭鱼是无知的，它们频频吃饵上钩，才一个下午的时间，我们整整钓了两大水桶，恐怕有三四十斤。哥哥发愁起来，说："这么多鱼怎么吃？"我说："这还不容易，送给亲戚邻居不就好了？"

回到家，我热心地将新鲜的鱼装袋分开，提去送给左邻右舍，才发现表面上他们很是感激，其实每人都面有难色，我也想不出其中的道理，后来住我家前面卖衣服的妇人对我说："唉！你送这些鱼给我们添麻烦，这种活鱼在市场里十块钱两条，鱼贩还帮你杀好，去鳞，清理内脏。你送给我们，我还要自己动手杀鱼。我已经好几年没有杀鱼了。"

我坐在小时候写字的书桌前，想到那送鱼的一幕，禁不住心口发烫，好像生病一样，才深深体会到弃鱼池而去的主人真正的心情。

木瓜树

堂哥由于香蕉生产过剩而被运去丢弃的打击，去年狠下心来，把几甲地都改种了木瓜。改种木瓜的理由很简单，因为木瓜与香蕉的生长环境相似，不会因不懂种植而失败。木瓜的瓜价虽然不高，但比起香蕉，还有一点卖相。

堂哥在农作里已打滚了二十年，种作的技术无话可说。他的矮种木瓜长得出乎意料地好，春天才种的，当年冬天已经结实累累，心里正在高兴木瓜的收成，后来找到收买木瓜的人来估价，才知道高兴得太早。

一斤木瓜，在乡下的田里估到的价格是八毛钱。"八毛钱？"堂哥听到了从椅子上跳起来说，"现在给孩子一块钱的零用，孩子都不肯收了，因为一块钱根本买不到一粒糖，我的木瓜长这么好，一斤才八毛！你有没有说错？"

买木瓜的人苦笑着说:"不是我的价钱低,这是公定价,你觉得太低我也没办法,就找别人来估好了。现在木瓜盛产,你的木瓜如果能撑到春天,一斤卖到三五元也说不定。"

堂哥说:"木瓜已经熟透挂在枝上,怎么可能等到春天?"

然后他另外找人估价,果然,八毛是"公定"的价钱,甚至有一位只估了六毛,理由是:"现在木瓜大部分得病,根本没人要。如果你不赶快脱手,等传染了病,一毛钱也卖不到。"

堂哥不禁颓丧起来。他算一算,请工人来采,一天的工资是三百五,如果工人一天能摘四百公斤的木瓜,连本钱都收不回来,而能一天采三百公斤的工人也是不多见的。"要自己采嘛!还不如去给人当工人省心。"他说。

堂哥的木瓜于是注定了它的命运,原封不动地让它在树上腐烂,然后通知亲戚朋友,谁想吃木瓜、卖木瓜,自己到园里去摘,同时也欢迎亲戚朋友通知亲戚朋友。可是木瓜太多了,大部分还是熟透落在地上。

我回乡的时候,听到这个消息,便到堂哥的木瓜园去,随身带了小刀,坐在木瓜树下饱吃了一顿。那些红肉种木瓜,汁多肉饱,在台北一斤没有二十元是买不到的。我坐着,看落满一地的木瓜,有的已经血肉模糊,烂在地上,有许多木瓜子还长出小小的芽苗,忽然体会了堂哥的心情——听说他已经很久再没有步入木瓜园了。当一个人决定毁弃他辛苦种作的果实,恐怕是不忍心再去面对的。

遇到堂哥的时候,我问他:"这些木瓜园以后要怎么处理呢?"他忍不住愤愤:"让它去烂吧!我已经没有心情再耕种了,因为不知道要种什么好!"我告诉他台北一斤木瓜二十元,他笑了:"木瓜一斤十元的时候,台北是二十元;一斤八毛的时候,台北也是二十元。这是我们农人永远不能理解的事。"

幸好堂哥除了种地,还在一个合作社上班,否则今年的生计马上要陷入困境。当天下午,堂哥带我去看一个农人的集市,许多农人用小货车载他们的农作到市场来叫卖,一颗三四斤重的高丽菜是五元,三个十元;一条一斤多重的白萝卜一元,七条五元;还有卖甘蔗的,一捆(大约有二十几株)二十元,三捆五十元;农人们叫得面红耳赤,只差没有落下泪来,至于番薯,则是整袋地卖也没人问津。堂哥对我说:"在这里,你拿一张一百元的钞票可以买一车回家，可是一百元在台北只能喝到一杯咖啡。一杯咖啡能买一百株甘蔗，说起来城里的人不会相信。"我想，如果不是亲眼目睹，我也不会相信的。

我问："农人还有什么可以种呢？"

堂哥摇头，黑红的脸上一阵默然，并未回答我的问题，而是说："你看我们这个乡下，游手好闲的青年愈来愈多，小流氓简直比农作物长得快。原因不是没有田种，而是没有人肯种田，因为如果去开计程车或到工厂做工，每天都能领工钱。如果种田呢！一年后才有结果，这结果可能一毛钱也赚不到，反而赔了老本。"

我自己在新闻桌上，有时看到某地某物丰收，常常看到"农业充满光明远景"这样的句子，或者"农民生活显著改善"这样的标题，心中不免一片喜乐，因为我是农村长大的孩子。如今看到真正的农田，其间还只不过有十年不常回乡，真不敢相信农业凋敝如此，心里的难过实在难以形容。

十几年前我听过一位教授演讲，讲到农民种地实在只是消遣的副业，因为如果不是消遣，谁能安于一个月只有一两千元的收入。我曾经愤怒地离开演讲会,现在回想起来倒觉得他言之有理——如果不是消遣,谁会种地呢?

写这些的时候,我看到从堂哥木瓜园摘来的硕大木瓜静静地躺在桌上,它一言不发,在乡间微弱的日光灯下,竟是红艳退去,一片惨白。

我静穆地看着那个木瓜,赫然发现昔时农村夜深的叽叽虫声,现在也一声都听不到了。

一九八四年五月一日

最黑的生命

我站在苗栗南庄蓬莱矿场，南斜一坑，北二片道，第三个半升楼的外面。

这里离开我们进来的主坑口，一共有二千五百多公尺的长度，深入地球表面五百多公尺。

煤灰弥漫在整个坑道里，头上的照明灯射出来，造成一道明亮的光束。煤灰透过光线的反射，如同黑夜的海面上飘浮的磷光。这是一个完全没有光的地道，穿梭忙碌的矿工们，全身乌黑，不能辨识。唯一证明他们存在的是一道道照明的灯光，在无明的所在游移。

左侧用塑胶布包扎起来的风管呼呼吹着,从四面的破洞中喷进坑内。采煤工人的风钻在一个个深埋的洞穴中扑扑响动,响过后就听到一阵碎煤崩落的声音,煤,从斜置的升楼铁管滑行下来,落入编了号码的台车,啪嗒一声,灰尘四溅。

　　偶尔,在片道的最底部响起一声轰然巨响,那是掘进作业的工人以火药做爆破的工作,常震得我心中一紧。

　　我攀上升楼,以匍匐的姿势前进,但背部还时常摩擦到坑道的上部,高度只容一人爬行,根本无法蹲坐,更不要说站立了。大约爬行了五公尺就抵达底部,两个采煤工,一部风钻,正加紧工作——这是矿坑里最尖端的地方,名叫"个所",只能容纳两人蹲坐。为了让我能挤进去,一个工人滑下了个所。

　　然后我就坐在另一位工人身边,看他熟练地打开风钻的开关,往斜面挖进去,大大小小的碎煤像河流,从岩壁间流了下来。滚滚的煤灰也随之席卷了整个空间。

　　工人肥胖的身体斜坐在个所里,稍稍调整姿势,重新起钻,然后他回过头来对我微笑。我才猛然看见在满是黑煤的身躯与脸上,牙齿显得玉一样洁白,眼睛也格外明亮。

矿工的名字叫黄文旺，今年四十九岁，从事挖煤已经有十八年的历史。我说："那你是三十一岁才开始采煤，起步算晚的，三十一岁以前在做什么呢？"

黄文旺爽朗地笑起来说："我本来在做小生意，后来生意失败，就到矿坑讨生活，想做一段时间赚点本钱再做生意，没想到一做就做了十八年。"

为什么一做就是十八年呢？

"矿工的生活很自由，想做就做，不做就休息，按件计酬。我现在一天可以挖两台多，收入一千两百元。做习惯了，比做生意轻松一点。"

我说："你做十八年，身体上有没有感觉不适？"

黄文旺说他现在有风湿病，是因为长期坐在濡湿的地底引发的。肺倒没有什么毛病，但身体不断发胖，他初进坑时五十几公斤，现在已经八十几公斤了。他有些害羞地说："我现在想减肥，每天不敢吃得太饱，因为像我这么胖，爬上采煤面很辛苦，遇到要蹲下来采煤，身体也不舒服。"

他有三个小孩，都长大了，对他做煤矿没什么意见。我问：

那你的太太呢？

黄文旺关掉风钻说："女人嘛！你只要每天给她一千块她就高兴了，还有什么话说？"

再有六年，黄文旺就可以退休了，这倒成为他的烦恼，说："我做到退休才能拿到劳保的三十万退休金，太少了。"

为了怕耽误他采煤的时间，我告辞了黄文旺，顺道滑下，才发现自己身上老早就乌黑了。

我们现在所处的矿坑，是苗栗"南庄矿业"的蓬莱矿场，拥有六百个员工，大多数是矿工，只有极少数的业务人员——因为矿工才是矿业真正的命脉。

每天清晨六点，从头份开来的五部大货车就是矿工的交通车，货车沿线载运聚集在候车地的工人，往高达二千二百一十九公尺的加里山前进。从头份到矿场，沿途植满竖立的南洋松，风景十分优美，但因为道路沿山势而筑，路颠簸难行，要一个小时才能开到矿区。

七点整，货车抵达，工人纷纷从车上跳落，先到事务所打卡。而坑口则附近放了各人的两张号码牌，一张黄色，一张绿色，两张重叠。矿工领了自己的绿色号码牌到"电池房"领取电池、头灯、救命罐（氧气），绿牌就留在电池房，号码架上只留下一整排鲜黄色的号码牌，管理员光看一眼，就知道有多少人上工。

台车已长列地聚集在坑口。

矿工们装备整齐，拎着中午的便当和一加仑的水桶，纷纷跳上台车。七点二十分开车，台车以时速二十五公里的速度前进，十分钟已进到深入地表一千五百公尺的地方。在坑道上方，每一百公尺就有一张红色的标示坑距的牌子。

在笔直的一千五百公尺处有一个集散的大坑，矿工在这里各自往工作点散去。在主坑旁边的大坑往下的叫"斜坑"，往上的叫"斜升"；斜坑与斜升分出来的叫"片道"；片道又分成小片道——这些都叫"运输面"。小片道的分支叫"升楼"，升楼中仅能容人的叫"个所"——这里叫做"采煤面"。

煤矿里的分布图就像一个千手观音，或说像一条百足蜈蚣，顺着煤层的分布不断发展下去。进入采煤面与运输面以后，矿工各自干活、休息，完全靠自己，因为他们不算工资，是按件计酬，勤快而有经验的工人一天可以做两三台（每台约四百到五百元），一般工人一天也有一台半的成绩。

在一立方公尺半的"个所"里是最辛苦的，因为他们无法走动，整天工作于斯、吃饭于斯，陪伴他们的是风钻不停钻动的声音、满天飞舞的煤屑以及几乎不知道何日可以采完的厚厚煤层。四处滴落的水、呼呼直响的风管、轻微流动的瓦斯、微弱的照明设备，则是他们唯一的伴侣。

从黄文旺的个所滑下时，我又听到轰然的爆炸声，循着声音前引，正是通往地底最尽头的地方。我们走了约三百公尺才抵达最底部的爆炸点。

掘进工黄德藏正把爆破过的石头、碎片、粉屑，用以风作为动力的"装渣机"铲起，倒进身后的台车。他今年四十二岁，从十八岁开始就在矿场讨生活，忽忽过了二十四个寒暑。

问到他从事采矿的最初，他说："我家住在矿场附近的南庄，村里许多人都做矿，我就自然地随他们进入矿场。矿里的日子很单纯，做久就习惯了。"

他一开始也做"采煤工",后来场里要找一些反应灵敏的人做"掘进工",他就转到掘进的工作。掘进工需要了解火药的爆炸和测量的知识,比采煤要复杂一些。

掘进工的工资怎样计算呢?我问。

"我们的工资以米计算,每挖进一公尺两千元,可是一组有两人,要两人平分。"

那么一天可挖几公尺?

身材矮小而结实的黄德藏笑着说:"那要靠运气,有时挖到石头软的,一天能掘进两公尺多。像今天的石头硬一点,大概只挖了一公尺多。"

黄德藏有三个孩子,大儿子已经入营服役,他不觉得做矿工有什么辛苦,比在工厂自由得多,想做就做,不做就休息。早上七点多下坑,下午两点多工作就结束了,因为天色还早,他就回家帮太太种菜养鸡,他是本地人,家里还经营着一块菜圃。

在矿坑内,我遇到好几个矿工,家里都是务农的,由于农业的衰微,到矿场来兼业,农忙时就回家种田,农闲又回到矿坑,同时在地表与地层深处耕耘,才能维持着不错的生活。那些从外乡来挖煤的就没有这样幸运,他们住在矿场宿舍,下工后无家可回,就终日在宿舍里喝酒赌博,辛苦赚来的钱也就在酒瓶与赌桌间流去了。

黄德藏也是少数在矿坑里戴口罩的矿工,因为掘进时石头飞扬出来的矽粉,一旦被吸入肺内就无法排出,日久沉淀容易造成"矽肺症",是无药可治的,只好等死。他说:"除了肺的毛病,还有气管、风湿等职业病。我觉得身体需要保护,所以戴口罩。"

他的口罩常常一个月就被石粉煤炭塞满而腐烂,所以经常换新口罩。他告诉我:"一副口罩要三百元呢!"由此可知矿里空气环境有多么不良,可是在坑内四百多人里,戴口罩的不到十几个,问起来原因很简单:"不习惯,戴起来像要窒息。"

除了病痛,曾经感觉到生命的威胁吗?

"不会,其实坑里并不危险,你看一年有多少交通事故!而矿坑灾变多久才有一次呢?"黄德藏说得十分有自信。

一般人总以为矿工就是挖煤的,我深入了矿坑,才知道矿坑里分成许多种工作,大致可以分成:

① 采煤工——负责在煤层中把煤采下，送上台车。以车计价。

② 掘进工——负责矿坑的延长与掘进，清理出可供挖煤的坑道。以米计价。

③ 整修工——负责架设钢桩木桩，以及整修已有的木桩。以米计价。

④ 铺轨工——负责铺设台车的轨道，以及巡视修护。以米计价。

⑤ 钻孔工——负责先进钻孔，探测坑内的瓦斯含量泄出。以米计价。

⑧ 风管工——负责架设通风管，并保持随时畅通无碍。以米计价。

另外，每个坑里有领工资的矿工，包括坑长、安全管理员、搬运工、抽水工、杂工等等，五花八门，无所不包。一般说起来，前述六种工作危险性大、待遇高、比较自由。其余工人都是每天上班，待遇稍差。以数目最多的搬运工来说，在最深的坑内每天工资八百元，较浅的坑内则每天工资五百元，其他杂工待遇皆在五百到五百五之间。

矿工的薪水每半个月发放一次，休息两天，每半个月可工作十三天；平均一天一千元计算，一个月约有二万六千元。但一般工人每个月只能有一万三千元，待遇就显得差了。

最需要技术的是负责"先进钻孔"的工人。所谓先进钻孔，是在还没有掘进之前先以圆形钢管钻入石壁，最现代的技术是可以先钻入六十公尺深的地方，测量瓦斯浓度，并且透过钢管把壁内的瓦斯引出，泄掉。

我访问到做先进钻孔的陈先生，他告诉我："煤矿坑里到处都含有瓦斯，瓦斯的安全度是百分之二，危险度是百分之四，最容易爆炸的瓦斯浓度是百分之四到百分之十五，超过百分之十五则比较不会爆炸。"这真有点匪夷所思，但陈先生解释说："比如你把烟头放在汽油上会马上燃烧爆炸，可是突然把烟头丢进油池里，却会熄灭。"

由于地底煤层长期的挤压，有空隙的地层就会充满瓦斯，如果不先用钻孔把瓦斯引出，采煤工挖进的这面壁上的地壳薄弱，瓦斯就会往这面壁上突出，重者爆炸，轻者中毒。防止瓦斯突出的安全厚度是八公尺，所以他们一次钻六十公尺，可以供矿工挖五十二公尺。

陈先生表示，他们钻孔时发现的瓦斯浓度有的达到百分之八十，偶尔也有含量百分之百的。"钻孔就像水龙头的开关，钻进地层后把开关打开，地底深处的瓦斯就往外泄出，直到泄完为止，那么采煤工就可以在没有瓦斯含量的地方安全工作了。"

他说，自从"先进钻孔"普遍使用后，矿坑的瓦斯爆炸与瓦斯中毒事件已减至最低，但煤尘的爆炸则无法防止。因为煤尘有它的易燃性，曾经有过坑内上面的石头落下后敲击下面的石壁引起燃烧而爆炸的事件。

"这种意外事件只能说是命运天安排，概率是非常小的。"

我想起要进坑的一刻，矿场发给我们每人一套工作服、头盔、照明灯、蓄电池、救命罐，却一再叮咛我们不可使用闪光灯拍摄照片，因为闪光灯的热度足以引起煤的燃烧，即使照明灯与蓄电池也是完全密闭的。

矿场负责人林俏康说："不是我吓唬你们，在瓦斯浓度高的地方，光是扳动照相机的开关，它的摩擦都足以引起燃烧。"——

这下我终于懂了,为什么坑内所有的机器全是以风作为动力。

可是,在坑里掘进时的爆破,不是使用了火药吗?

林俏康说:"引爆时只用小量火药,人必须退到五十公尺外的安全距离,以引线点燃,因为顾虑安全起见,所以每天只能有一米多的进度。"

在坑内两千一百公尺深的地方坐下来吃便当的时候,我看到石壁上贴着"避难方向"的红牌,真是有点惊心。这时我和矿场副所长吴惠然聊天,谈起煤矿底层隐埋的危机,才知道吴先生正是率领八个矿工到土城海山煤矿灾变现场抢救矿工的领队,他昨天夜里才从海山现场回来。

身体强壮、脸上刻满风霜的吴惠然黯然地说:"海山矿坑埋了七十几个人,外面的人都说要抢救,可是我们内行的人知道,抢救是无望的,只是尽尽人事而已。"

他指着幽暗的矿坑问我:"你想想,如果在这地方爆炸、落磐,在地里两千多公尺,有希望活着出去吗?"

我听了不禁神伤,咬在口里的一片猪脚掉落在便当盒里,一口都吃不下去，黯然把便当放了下来，听吴先生继续他的叙述。

"我们在海山灾变现场，它的落磐较重，堵得连一只老鼠都爬不过去，我们边挖边注意安全，进度很缓慢。后来挖到一具尸体，他的头和肚子都爆开了，手脚也断了，因为地底温度高达三十几度，他的皮肉早就腐烂。我们八个人轮流扛他出坑，走几步就受不了，跑到旁边去吐，轮流吐，扛出来时，连抢救的人都很虚弱了，唉！"

听到这里，我刚吃进腹中的食物整个翻滚不已，差一点吐了出来。就在我进来的坑内，几个月前曾发生瓦斯爆炸的小型灾变，有两个矿工死亡，被挖出来时，头发和皮肉全被烧掉，只剩下焦黑不全的身体。因为死掉的只有两个，甚至成不了新闻。

灾变以后，高级长官的慰问金、劳保的赔偿、抢救的艰难、家属的呼号、在坑口飞扬纸钱的祭拜……只是一幅矿工的小照，没有像在深深的地底听来那样惊心动魄。

吴惠然在坑里工作二十二年，谈起灾变已是云淡风轻一样冷静，不是他有铁石心肠，而是他看得实在太多了。

我们忘掉灾变吧！看看矿工的待遇是不是值得付出灾变的代价。我顺着运煤台车的轨道找到在最陡斜坑上的运输工刘先生，瘦小的刘先生坚持不肯告诉我他的名字。

他原来是基隆人，未进坑时曾担任渔船船员，可是他做了几年以后，厌倦了漂泊的捕鱼生活，因为常常几个月见不到土地，生活一直不能安定下来。

"八年前和我一起捕过鱼的朋友，转业到矿坑来做工，待遇不错，生活安定，又自由，便拉我一起入坑。我正好想改行，就到坑里来，没想到一做就是八年了。"

刘先生做搬运，每天有八百元工资，待遇稍稍比渔船好一些，可是他显然也厌倦了矿工的生涯，因为太单调了。"我今年三十八岁，就是不喜欢船上生活的单调，才到坑里，没想到一样单调。"

"为什么不转业呢？好好做个三五年，存一笔钱去做别的呀！"我说。

"唉！谈比做容易，一个月两万块，扣去养家活口，剩下多少呢？"然后他闭口不语，拉动通知卷车场的缆绳信号，把两部台车运送出去。

  我想到，刘先生以前在漆黑的海上航行，现在则在幽深的地底航行，形式虽不一样，本质是很相近的。唯一不同的是，海上还有罗盘、有星光，地底则只有照明灯，却没有了指引方向的罗盘。

  大部分矿工都想过转业，但有的转业失败，又回到黑暗的坑底；有的则是采矿已成习惯，难以变更了。我遇到一位五十七岁的掘进工付孟振，做矿将近四十年，他甚至连退休都不愿意。本来他两年前就可以退休，但退休金只有三十万，他觉得自己身体还强健，可以做到六十岁再退。他说："我如果退休，没有劳保就不能进坑，但我一年就能做三十万，为什么要退休呢？"

  矿工苦干二十五年以上，退休金只有三十万，厂方在工人退休时只致赠一些纪念品，说起来实在是辛酸的。我在矿里遇见的矿工多在四十岁以上，听说他们平均年龄四十五岁左右。年轻人宁可在工厂里拿八千一万，已经很少人愿意到坑底来了。

  陪我进坑的坑长罗吉尧，今年五十岁，谈起二十多年的矿工生涯，也感慨地说："当初选错了行！"

罗先生待人亲切，一派斯文，真看不出他曾在坑里打滚二十多年岁月。他是关西人，从小就在煤矿旁边长大。他说五六岁的时候就在矿场附近捡煤渣回家烧饭，玩耍的地方也在坑口附近，对坑内生活有着向往，长大后自然做了矿工。

他说："当时的人都在自己的村落里生活，年轻人的世界没有现在广大，如果我现在还年轻，可能就不会选择采煤矿。但是台湾光复初期，可以选择的行业是很少的，除了农民就是矿工，在农村长大的耕田，在矿区长大的就下坑。"

他仔细地谈起他的矿工生涯，说现在矿坑的安全已经比早期好多了，以前挖矿是用十字镐和圆锹，甚至没有照明设备，下坑时提的是煤油灯，台车是用手推的，像现在的"先进钻孔"，以前是竹枝上绑一个点火的棉球，往前伸去，轰的一声烧掉前面的瓦斯，以免中毒。"这些设备，现在想起来会让人害怕，每一项几乎是致命的，但我们还是一样活过来了。"罗先生说的情形其实不远，我们在画家梵高和洪瑞麟的作品里还历历可见。

"但是，以前的灾变不像现在这样大，因为当时的规模小，挖煤速度慢，出事虽频繁，却没有像现在这样一次就是几十个人被埋掉。"

作为矿坑的坑长，罗吉尧以他二十多年的历练，表明了对煤矿业前途的悲观，他说："煤矿业现在已经是夕阳产业了，你想十几年前，一吨煤是三千元，现在还是三千元；三四年前，矿工一天收入一千元，现在也还是一千元；可以说资方与劳方同时都在减收，怎么会有前途呢？"

就在我站的矿坑内，以前每天有三班工人轮流不停开采，现在每天只有一班，景况的萧条可以想见，确如阳光的照耀，以前是日正当中，现在是斜阳西落了。我终于明白，为什么罗吉尧说如果时光倒流不愿选择矿坑的原因。

当然，也有乐观的矿工。我遇到整修工徐日祥，他原是运煤的货车司机，因为不喜奔波的生活，就放弃开车进坑，他强壮而开朗，觉得入坑的日子不错，他说："我七点多入坑，十二点修完两米出坑，赚一千元，下午喝酒谈天。还有什么比这工作更自由轻松？"

下午两点，大部分的矿工都收工了，坐在车场等台车。群集的矿工的几十盏头灯，充满了生活血泪里微弱的光明，在最深的地底幽幽闪烁。

我完全认不出任何一位我访问过的矿工的面目，因为每个人都黑得如同供养他们生活的煤层。在这样深的地底，他们是没有面目的，每个人只是一个号码，这号码挂在每一部来回的台车上。他们脸上唯一可见的是一对眼睛，布着血丝的、青色的眼睛。

我挤上他们的行列，台车往坑口前进，有一个矿工唱起一首时下流行的歌《我是男子汉》，许多矿工应声合唱，在台车的轧轧声中，歌声在坑里回旋，冷阴的地风自耳旁掠过。我确实相信和我坐在一起的矿工是大地的男性，他们用渺小的身躯和庞大的地壳抗争，这样雄壮的歌声里面虽有苍凉，却使我为作为人的卑微与不屈而深深感动起来。

看到坑口遥远的亮光时，矿工纷纷跳落，快速步行出坑，把他们的绿色号码牌和黄色牌子挂在一起，我看到号码牌全部变成绿色，不知为什么感动无比：

"这是安全归来的一天！"

想起我是唯一没有号码的人，入坑前夕，有朋友揶揄我说："你应该赶快先投保五百万的意外险。"我听了微笑不语，因为我们成千上万地底的同胞，他们从来没有想过意外险，只是坦然地进入大地最内部的怀抱。

到矿场浴室与矿工一起沐浴的时候，我照了镜子，发现自己的脸只剩一对眼睛。而站在我旁边洗澡的矿工朋友洗去煤灰时，我才发现他们的肤色都比我白皙，甚至可以说是苍白的。那苍白使我惊心，好像我看见了他们黑白的两种人生，却没有看见他们彩色的世界。

即使这样，有两个矿工还跑过来约我一起去喝酒呢。

一九八四年七月一日

香蕉王国沧桑记事

童年时代在旗山，我们最常玩的有两个地方，一个是火车站附近铁道旁的空地，一个是沿着旗尾溪畔的堤防。如今重新到这两个地方，最能看见家园的流转。

通往繁华的美梦

二十几年前的旗山早就发展成为非常富庶的市镇，那时的农业基础是日据时代留传下来的。早在日据时代，旗山就是出产香蕉和甘蔗的重镇，镇内的香蕉检验中心一直是四乡香蕉的集散地，而位于旗山与美浓中间的旗尾糖厂，是高屏地区甘蔗的集散及蔗糖的出产地。

那时的旗山火车站占地虽然不大，交通却十分频繁，在公路没有普遍扩展的初期，铁道扮演了客运与货运的重要角色，客运火车往北连接了凤山、冈山和高雄，往南则交错了美浓、里港和屏东。

乡下的孩子要出游也不是难事，我们时常偷偷"吊火车尾"，跳上缓行的运甘蔗的台车，选定一个地点下车耽玩一天，黄昏的时候再坐台车回家。那时的人心颇为温暖，坐铁路台车（乡下叫四分仔车）虽然是不允许的，但通常车掌也不会过问。有时看到有孩子要跳车，还特别把火车的速度放慢——火车的速度本来就已经很慢了。

如果直接坐进糖厂，就跑到福利社去买冰棒吃。那时的红糖冰棒一支一毛钱，包了红豆的是两毛钱，坐在福利社门口一边看糖厂高耸入云的烟囱，一边吃着冰棒，感觉人生真是幸福的。

在那个乡村普遍贫穷的时代，糖厂似乎是财富的象征。记得糖厂的宿舍建得很整齐，门前有草坪，厂里的人普遍受过教育，收入也稳定，是乡下唯一的中产阶级；他们的孩子在学校中穿着白衬衫和黑皮鞋，是乡下了不得的成就；我读小学的时候，一般学生上学都是穿肥料袋子裁缝成的汗衫，打赤脚，我也不例外。小学五年级的时候家里给我买了一双新皮鞋，我每天夜里擦了又擦，睡觉的时候还抱着那双皮鞋，而第一次穿新皮鞋脚痛的感觉至今犹印象深刻，交错着幸福和辛酸。

至于怎么知道有火车来，我们都有一套本事，只要把耳朵俯在铁轨上，就可以判断出火车的远近和方向，藉此来决定我们游玩的目标。因为有这样一个车站和火车，使我们虽然居住在偏远的乡下，也知道天地广阔，藉着火车，我们可以到达许多很远的地方。

沿袭了日据时代的称呼，糖厂叫做"会社"，一般人家种甘蔗自然成为会社的社员，我们家就是社员之一。当时除了每年将甘蔗的收成交给糖厂换钱，还会发给两大包白糖。收到白糖的时候，是孩子最快乐的时光，因为有糖可吃。而且在家里的枣子和李子收成的时候，可以做枣仔糖、李仔糖拿到市场去卖，赚取零用钱。

因此，童年的糖厂、运甘蔗的火车铁道成为我们对远方的梦想。我家距火车站只有三十公尺，几乎一拔腿就到了车站。我常站在纵横交错的铁轨上，做着通往繁华的美梦，有时追着跑过的火车大喊大叫，直到火车远去，仅剩喷着烟的车头以及暗哑的汽笛声，才怅惘地回家。那望着火车的童年身影，成为如今印象最鲜明的一幅图画。

香蕉的黄金时代

甘蔗被香蕉取代之后，火车站就残破了，这日据时代留下来的美丽建筑里胡乱堆积着杂物，几乎有十年的时间完全被弃置，因为铁路运输完全被日渐发达的公路所取代。现在的火车站也重新被整理。

至于车站后面纵横的铁路，早被蔓草淹没，如今的孩子已经很少人知道，旗山曾是铁路运输的重镇之一，那些腐锈无用的铁路，就成为光复初期长大的孩子心里的梦。

二十年前，香蕉的黄金时代把旗山的繁荣推向巅峰，当时穿着溅满香蕉汁的汗衫从田中归来的庄稼汉，都是旗山的富翁。印象最深的是，旗山农会的存款年年都因突破台湾乡镇存款纪录而鸣放鞭炮，有七八年的时间，旗山是全省最富有的乡镇，被称为"香蕉王国"，普遍的富有使旗山跨步向前，从农业的旗山走向商业的旗山。

旗山的农夫突然有了钱，却没有挥霍的出路，于是在我初中的时候，旗山的色情行业开始抬头，茶室、酒家一连开了十几家。男人们有了新天地，有些人从蕉园出来甚至并不回家，直接到酒家去买醉；听说酒女最欢迎的就是那些衣服滴着蕉汁的人，有几个富翁，终日赤脚，衣衫不整，在酒家里却挥金如土，而且农会里有百万以上的存款。怪不得许多茶女、酒女都从台南、高雄到旗山来淘金。

如今回想起来，旗山从纯朴而有了颓废、道德败坏的倾向，富家子弟后来不能脚踏实地从事农业，都已经在那个时候露出端倪了。

那个时候，人家做梦也没有想到，有一天，黄金样的香蕉会被成吨成吨地倒进溪里去，连养猪场的猪都吃腻了香蕉。

就在香蕉的黄金时代，小镇的政治风气也随着经济的发展而蓬勃，像农会的理监事、信用合作社的理监事、青果合作社的理监事，乃至于主席，都是竞争十分激烈的项目。而地方自治的镇长、镇民代表、县议员，也成为富有的农民争逐的目标。

我的家族在旗山算是不小的家庭，在香蕉最好的时候，家族的人热心于公益，最后推选我的堂哥出来参加地方政治选举。他连任了两届县议员、两届省议员。那时的选举，花钱就如流水一般，家里的良田一块块出售，等到堂哥最后落选的时候，真是债务累累，连老家的土地都卖给了邮局。现今我每次站在旗山邮局高大的纯白色建筑之前，仿佛就看见了我的家族甚至台湾乡间地方政治发展流变的痕迹而感慨无限。

想要从事地方政治的人，在旗山全被叫做'大头仔'，意思是头大如斗不知节制，隐含着一点败家的意思，便可以知道镇民对政治的普遍看法。而高雄县的红派、白派、黑派地方势力，早在二十几年前就形成拉锯的局面，到现在仍然风起云涌。

农业的崩溃和瓦解

同样在香蕉业最好的时候，旗山的商业风气形成，一些经营农地有成的农民，改而从事商业交易，早年还是以农业为主。后来农业节节败退，商业反而成为主要的活计。

沿着旗尾溪的堤防散步，最能看出农业的改变。

早前的堤防，右岸是潺潺不息的旗尾溪，每到夏天，时常泛滥成灾，因此筑成十分坚固的堤防，护卫了整个旗山，高约两丈，宽约一丈，全由巨石砌成。旗尾溪再过去是尖顶秀气的旗尾山，形状犹如一面拖曳飘动的旗子——旗山就是因这座山而得名。

我童年时代最喜欢这座堤防，黄昏的时候常跑到这里散步，看溪水从不可知的地方流来，然后流向不可见的未来。堤防上什么植物都不能生长，只有一种生命力强劲无比的"落地生根"。"落地生根"的每片叶子都是一株昂扬的生命，在落日的晚风中令人动容，尤其到春夏之交，所有的"落地生根"像约好的一样，同时开出花来。花是红色的，但有不同的层次，有的深红、有的橙红、有的粉红、有的淡红，花的形状则是一串花柱开出数百朵花，有如屋檐下挂着长长的风铃，风一来，摇动如同音乐。

这些"落地生根"像旗山的人民，不管环境如何变迁，它们都饱含着生机，落地是为了等待重生，然后在春天里开放。

就在堤防的右岸，早年是蔗园和蕉园杂作，从旗尾溪引水灌溉。到香蕉业最好的时候，从堤防头走到堤防尾，全是翁郁的香蕉，其他唯一的植物，是种在香蕉田中的槟榔树，一方面用来防风，一方面是作为田与田间的界限。

旗山的香蕉开始没落，是十年前的事。由于发生青果合作社的金盘金碗弊案，整个青果运销的基础为之动摇，加上蕉业政策研拟不当，南洋和南美洲香蕉的竞争，使得香蕉的出路大受影响；在内销方面则一直没有上轨道的辅导，农民大量种殖，加上水果的价值观改变，香蕉被认为是"贱果"。内忧外患，终于使得当年昂首阔步的蕉农变得垂头丧气了。

在不得已的情况下，旗山的蕉农只好转作，因为有一段时间种香蕉不但没有收成，还要蚀了老本。而匆促的转作，一来没有充足的经验，一来不了解市场的营销，很少有人成功，旗山的农业到这个时候已经濒临了崩溃的边缘；一般从事农作的民众只是无可奈何地守着祖先留下来的田产，更年轻的人大部分向外去发展，因为在乡下一年辛苦种作的收入，比不上在都市一个月的薪水——这是十分可悲的。

有时候过年回到家乡，遇到童年时代的好友，才发现我以前的好朋友几乎没有一个留在旗山，特别让人感到城乡的转变。

现在留在旗山的青年，有几种情况：一种是在当地的公民营机构上班；一种是在附近的工厂工作，早晚回家；一种是做小生意；一种是开计程车。剩下的，大部分都游手好闲，三十岁以下的青年没有纯做农业的，要兼个副业才能生活，因而，家乡父老已经成为仅存的农业人口了。

有一个老人对我说："现在的旗山，不良少年的数目长得比香蕉还要快！"言下颇有怏怏之意。

旧时的旗山，黄昏以后家家都休息了，为了准备第二天辛苦的农事。现在的旗山，总要喧闹到半夜三四点才真正安静下来。卖宵夜摊子的数量比我童年时代要多一百倍。

欢乐的时光不再

旗山原来有两家戏院，现在仅剩一家"仙堂戏院"，差不多摇摇欲坠了，原因是家家都有电视或者录影机，很少有人上戏院了。

那么,现在的旗山人有什么娱乐呢?

我每次回家,小时候的朋友总是热心招待我,带我到酒家、茶室去喝酒,喝完酒则到伸手不见五指的地方喝咖啡,或者去练歌房唱歌。我到这些地方通常坐立不安,因为老觉得这不是家园应有的东西。我老远回到乡下,却好像走回去一个备受污染、变形的小都市。

除了这些,旗山还有了牛排馆、西餐厅。最不可思议的是,旗山有十几家极尽豪华的大旅社和观光理发厅,并且在偏远的郊区还有卖土鸡的土鸡山庄。为什么乡间的人要跑十几公里去吃土鸡呢?要花一杯咖啡一百元的代价喝极为低级的咖啡呢?这是我非常不解的事。

后来才知道,有些人认为在乡间有这些东西是一种时髦。问题是只学到了都市的皮相,有许多日渐沦为色情的温床。台湾的大部分乡间都和我的家乡一样,成为失去了淳朴风味的、四不像的地方。

旗山会有这些奢侈的地方,而农业又在衰败,到底经济是如何维持的呢?大部分是子弟远走他乡以后,赚钱来繁荣这个地方。

说到农业的衰败,我们回到旗尾溪畔的堤防来。现在沿着堤防左侧,看到的已不全是蕉园了,有些农田已被盖成新式的三层楼公寓,而农作有木瓜、有甘蔗、有番薯、有玉米、有菜园、有果园,还有些改成了鱼塭,甚至有一些土地是废弃无人耕作的。

为什么废弃了土地?听说不只是耕种得不到应有的报酬,连废耕都有奖金哩!

从那些不同的农田景观,我可以看见故乡的父老心中的彷徨、焦急,与无依,十年农业的失败已经使他们对农田丧失了信心。稻米无价无市,香蕉也无价无市,使得他们每年改种各种不同的作物,并不是对耕种的作物有把握,只能说是在无路里赌自己的运气,各自找微薄的生计罢了。

几乎没有人知道,种什么作物是可以生活的,只要是真正在田中打滚的旗山农民,人人都是眉头深结。我想起几年前有"民意代表"到旗山视察,一些农民跪在路上哀哀求告的景象——对我家乡的农民来说,他们种作的前途是一片空白的,欢乐时光早就不再了。

从农业到商业

我有一个堂哥留在乡下耕种,他原来种香蕉,后来改种玉米,然后改种番薯。去年他改种木瓜,差不多有五年的时间,他每天下田工作,可是没有从田里收回一毛钱。幸好他在合作社有个差事,家里还开一个小型的服装店,才能勉强维持生计。

去年他的木瓜同样一毛钱也没赚,因为价钱低贱,雇工人采的工钱比整个木瓜园的收成还高,最后那些木瓜一颗颗在树上烂掉,在暗夜中听腐烂的木瓜落地声,犹如恐怖电影中沉重的鼓声。

在我的家乡,农业已经完全失败了。罪不在乡亲,罪不在土地,问题到底在哪里呢?

回头看堤防外面的旗尾溪,它的流量和流速都大大不如从前了。清澈见底的旗尾溪现在是污秽难当,每天拖着无数工商业带来的垃圾无声地流去——这条我们百年来引以灌溉的河流,现在就像都市的地下水道,脏、臭、无助,而许多年轻一辈的旗山人早就忘了它的存在。

记得幼年的时候，旗尾溪里可以钓鱼抓虾，长着无数的泥鳅和牡蛎，到了假日，有许多孩子到这里来抓鱼；现在的旗尾溪早就成为一条死河，生物无以生存，普通人站在溪畔都要掩鼻，敏感的人在那里则会落泪。

高山流水和林木围绕的家园好像随着岁月的河流远去，而农业的旗山也像那流水一般，愈流愈小，愈流愈没有生机了。

现在的旗山，人口有五万多人，户口一万余户，其中农户仅占四千户，还有一些是兼而为商的。从这个数目，大致能够知道，旗山的农业是大不如前了。

从前旗山是农业中心，现在已不再扮演农业的角色，而成为南屏、高屏道上的商业、文化、交通中心。它虽依然是圆潭、内门、杉林、溪洲、美浓、里港、新威、枋寮等地的商业枢纽，但香蕉的王国已经不再了。

文化与美感的失落

景观上，除了四周零落的农地，旗山市区已被住宅填满，热闹的地方全是三层楼的公寓建筑，虽不整齐，但商店栉比鳞次，营业到夜里十点，十分热闹。

连在以前居住贫户的"溪底仔"，现在已经没有贫户，而成为一个大型的赶集市场。每个星期五，从四乡八镇赶来的商人围成了方圆两三公里的市场，热闹非凡。

夜里站在堤防上看那赶集的市场，通明的灯火，大声喊叫的人声，各形各色的商品，把这个从前溪水一来就泛滥的地区装点得像一个繁华的城市。就在另一边，夜墨如汁，流萤点点，在河岸的另一边灭去了。

旗山的"观光区"也愈来愈多，像历史悠久的中山公园、三桃山；还有后来的济公大佛；以及在邻近的佛光山，美浓的黄蝶翠谷、中正湖，六龟的彩蝶谷，都是在旗山立足而半小时可到的地方。

可惜这些观光区没有懂得的人负责，大部分是空耗巨资，而俗气和所费的资本成正比。

像中山公园，可以说是全省第一流的公园，全是自然的美景，在山顶上能够看见旗山的全景，山上原有木板搭成的茶屋，可以喝老人茶。最近，就在中山公园上面，耗资千万盖成一座孔子庙，至于为什么要花那么多钱盖孔子庙？为什么要盖在美丽公园上去破坏它？是我不能理解的——这似乎也是本省城乡的共同课题。经济的急速膨胀，农业的快速瓦解，使得文化经验与美感经验两头失落。旗山的孔子庙似乎是文化与美感失落的典型例证。

跟着文化失落的是生活品质。在旗山，似乎没有娱乐与夜生活的正当出路，因此生活品质并未跟随农商的改变而转换，误以为咖啡厅、理发院、酒廊、牛排馆才是生活品质，这是乡间生活最大的可悲。旧时夏夜庭院中老祖父的故事，随着时髦的兴起，而失落了它的所在。

同时经历两种阵痛

二十年来，我一直认为香蕉是最美丽的植物。粗大圆满的根茎，吐出巨大翠绿的叶片，而在叶与叶之间，吐出了一串雄大的果实，像是土地生出的巨掌，捧着一串甘香的果实。

香蕉也是极奇特的植物，它在收成后，必须将母株砍除，让小株长大，才能结出新的果实。它像是预示了旗山的发展——母株已经砍除，小株却还没有长成的过渡时期。

　　在这个美丽的家园里，第一班火车的汽笛已经远去了，第二班火车则在不可知的远方。

　　旗山同时在经验两种阵痛，一种是农业的，一种是商业的，而阵痛之后，会生出什么样的孩子呢？

　　我少年时代的老家，前有庭院，后有花园，占地数千坪，围着这家园的是家族勤苦经营的农作；现在的老家，前后左右都是马路，人车奔驰。有时候黑夜里坐在我童年的书房里，听着远方的车声，会忧伤地想起来：这是我美丽的家乡吗？

一九八五年五月一日

卷2

日光五书

红叶的消息

秋天,日本许许多多地方都插了塑胶做的红叶。那些红叶做得像一把竹子的叶片,是四散分叉好像刚爆开的烟火,颜色有红有黄有浓有淡,通常夹着两片绿色,叶片则有三瓣五瓣以及一些不规则的样子。

虽是塑胶制品,在阳光下同样鲜艳地燃烧,如有生命一般。到了夜晚,灯火一映,也自有秋夜的凄清。有的地方挂得特别多,尤其接近盛放枫红的地区更盛,像东京浅草的仲见世购物中心，几万把红叶同时挂在屋檐下，夜里的牡丹灯笼一照，让人觉得整个世界已被红叶掩埋。原宿明治神宫前的大道，两侧古木参天，路中灯笼成排，"枫标"则在灯笼与古木间摇曳，极为雄浑壮观，使"太阳族"聚集的原宿也有了古典的气息。

塑胶红叶再好总是不及真正的红叶，它只是带来了红叶的消息，顺着这些在秋风里飘扬的一点红影，可以找到远处山中正在大片渲染的红叶。

我们后来决定上日光看红叶，多少受到那些指标的影响，一个住在日本的朋友说："要看红叶就要马上启程，因为红叶的生命是很短暂的，红叶和彩虹一样，红到最美只是瞬间的事。就说日光好了，最美的日光红叶只有一星期，那最美的一星期就是这个星期，上个星期红叶还没有完全转红，下个星期红叶已开始凋落，要去日光就要即刻出发了。"我们很庆幸，正好赶上红叶最盛的秋日，第二天便往日光出发，在山腰上的鬼怒川宿了一夜。

第二天上山时，车子盘旋着绕山而上，山腰以下还是一片绿意，只是绿中有一些等不及的枫树已经转成淡淡的红色，树底下的箭竹还繁茂得不知道冬天。车子缓缓前进，我慢慢也发现，一山的颜色随着我们的车子,逐渐的,绿意在减少,红的黄的穿插着跑了出来,从一叶一叶到一株一株,到一片一片,整座山逐渐被秋天的魔手染成了红色。到最后仿佛感觉车子正在开进红叶的洪流里,红色的枫叶在每一处转弯的地方有如猛扑而来的潮水,一波又一波,连绵不断。

车子沿着山壁行驶,愈驶愈高,愈能看见整座山谷,那山谷陡峭而有纵深,一探头,一座山谷就像泼翻了的调色盘,眼睛所能想象的颜色大致都有了。尤其是绿、黄、红、白、黑之间有极其细腻的层次:白的是白桦林的树干,真白到如雪一般;黑的是不知名的杉树之属,黑到如刚焖好的木炭;红、黄、绿随高度转变,所以一圈圈的,好像在水彩纸上先抹满了水再涂上颜色一样,互相牵引、牵制、牵绊,乃至于互相纠缠、缠绵、缠绕着……

来到标高一千五百公尺的汤湖时,红叶开始像台风天前夕的黄昏,红云万叠,密密地盖住整个山丘。那时才真止领略到枫叶的美,领略到大自然的红色竟然可以红到那样,深浓剔透,阳光一照射,则反映出水晶的光泽。

在秋天，光是一种红就如此多姿，以前唯有在梦里见过。但是再往上走，透明的艳红又转成黑褐色，逐渐地凋落了，最后仅剩下孤零零的荒枝等待冬风的消息。

日光的山顶上已经开始下雪了。

风　花

那雪不是普通的雪，几乎是无以辨认的。把双手摊开，雪并不着身，虽然明明落在掌上，并且也感到那一丁点的凉，可也就在落掌的那一刹那，雪像空气一样化去了。

不仅是掌上如此，雪在任何地方都不着痕迹，落在车上随落随化，在树上地上也是随落随化，一点找不到落痕。在衣服上总有白的颜色吧？没有！沾在衣服上会濡湿吧？也没有！

站在山上，看满天随着极轻微不可辨认的风轻飘的雪，是一片白，并且那样的真实，是可见的、可感觉的、可辨识的，但却完全不能捕捉。它在风中写自己的诗歌，而且只写给风听。它不是为可具的形象来写诗的，所以，人不能掌握，树不能留住，甚至连那无边的大地,它也毫不留恋,仿佛只在空气中诞生,在空气中逝去。它可能也不是天上来的。它不是直直下落之雪,而是冬天的第一批来和红叶告别的白色精灵。

远处还有着阳光,近处还有着红树,那极细极细的雪在这玄奥的山上,格外有一种空茫与飘忽的气息,让我觉得这样的好天,这样好的红叶只是人生里极为偶然的相见。

我和陪我们来日光的日本朋友笔谈:"常常在电影里看到日本细雪的景色,显得那样纯净、那样美,现在眼前的这些就是细雪了吗?真是美得让人觉得人生真是幸福呀!"日本人是很爱用幸福来形容内心的感动的。朋友写道:"在日本,这不叫'细雪',这叫做'风花'。"

呀!风花!多么奇异而美的名字。

他继续说:"因为它是开在风里的,它不开在树上、也不开在地上,只在风里面开放,在风里凋谢。你看那满山满谷,不像是芦花吗?只是没有芦秆罢!"

"芦花没有风花这么美,这么细密,也没有这么温柔。"

然后我们就谈起了这些只开在风中的花,他告诉我,要看风花也是一种运气,通常在日本,第一场雪还没有下之前,会下一两场风花,只有这一两场风花,接下来就是细雪了。

"细雪也美,只是不像风花,让人真正感觉到秋天逝去的忧伤呢!"日本友人本间弘美在纸上写着,然后抬头望着身前的风花,眼神飞得很远很远,几乎也像风花那样渺茫而令人迷惑。那一刻我真的忘记他是一个艺术经纪人,觉得他是文学家了。

由于风花的有色无相、有相无形、有形无声,让我想不起什么可以形容的话,只能感觉到,在晴和的蓝天衬映下,大地竟也有无数流动的星星。

比较起枫树的红来,枫红是把一生最后最艳红的血吐尽,在极短暂的时间怒放,所以情侣常喜欢把自己的血写在虽落犹红的枫叶上,来证明自己的爱。而风花呢?风花是情侣间无言的对视,它不必用痕迹来证明自我的存在,只是洒在空气中的一把情绪、一把眷恋或一把忧思。当情侣互相逃避对方眼神的时候,它就在风里散失了,永远不能证明曾经存在过。

因此,让我们看风花时就注视它的消失吧!只感动当时当刻的幸福!

素民烧

我们为枫红和风花而动容之后，沿着山中瀑布的阶梯往下行去，在极远处听到那一条命名为"龙瀑布"的震耳吼声。走近一看，这瀑布竟是日本庭园式的细致，不及想象中的壮伟，只是穿越了许多高低不平的巨石地形，有时甚至从树之枝桠间穿过，所以发出了巨大的响声。

因此常有这样的情形：听到响声时大为震撼，穿越小路到瀑布时却大为扫兴，耳朵与眼睛都要为此啾咕一场。

幸好在瀑布口有一摊卖烧香鱼的小摊，烧法非常少见。有一个用石头砌成的大灶，约有人的半身高，长一公尺，宽两公尺，里面密密麻麻的倒插着香鱼，一次大约可以烧一百多条。

站在一旁看，小贩左手从缸中捞出一条活的香鱼，右手就用削尖的竹签自尾向头贯穿了香鱼，随即插入灶中。由于竹签比香鱼长约五寸，插入之后，整条香鱼在火焰之上，约一分多钟左右，香鱼烧成金黄色，因为鱼身先抹了盐，增加了味道的鲜美。上百条香鱼在灶上烧，其香惊人，数十公尺外皆可闻到。

至于那鱼的滋味就甚难形容了。我和一群日本人围着那个大灶，很少有人吃了一条就站起来。我一口气吃了五条，不只是香鱼鲜嫩的滋味，还有那样烧香鱼的方法实在是令人喜爱。

日本朋友告诉我，这种吃香鱼的方法叫做"素民烧"，意即一般老百姓日常吃香鱼的做法，同时也是最好吃的方法，因为从捞起香鱼到烧烤完成，可以说是一瞬之间，而且火虽强旺，却不会把鱼的外表烧黑。

我非常喜欢"素民烧"这个名字，好像使人抛弃了一切，还原到人最亲切的那一面，就是那样随意的一口土灶，便烧出了天下最好的美味。

日光山上的湖中养了数以千万计的香鱼，因为这里风水纯净，山光优美，完全没有人为污染，所以日光所产的香鱼是日本最著名的。香鱼是最自我珍惜的鱼，听说愈是风景好，愈是水纯净的地方，香鱼就愈好吃。水一旦稍受污染，香鱼就自绝而死了，这种属性使得香鱼捞起来就能吃，不必开膛破肚。

日本友人告诉我，吃香鱼可以测知水受污染的程度。受污染越严重的水质养出来的香鱼，鱼肚子越有浓厚的苦味；要是水质干净，那苦味是极清淡接近于无，细细品尝，舌尖上就能感觉到那微细的苦，而品尝香鱼腹中的苦是吃香鱼极大的乐趣。这真是惊人的论说，却让人更体会了香鱼的神奇。香鱼无言，却用它的肚腹表示了对环境的抗议，苦到极处它就不愿生存了。

这使我想起新店溪上的香鱼，过去曾布满香鱼的新店溪，如今早就绝种。日本人曾经与我们合作在新店溪上游放生几百万条香鱼，可惜大部分仍然死去了，我想那极少数存活的香鱼，一定也是苦得难以下口吧！

我们有许多可爱的"素民"，也有许多赖以存活的河流。我们过去曾有无以数计的香鱼，但如果环境这样坏下去，我们就永远吃不到香鱼，更不要说是素民烧了。

逍遥园

我感到一种莫名的忧伤，当我走进日本的寺庙时。不像日本人对待香鱼，因为一般的日本寺庙已经完全受到金钱的污染了。

虽然寺庙不收门票，也不主动向人要钱，但我们可以看到钱在四周流动，使原本纯净朴素的寺庙，有时候像个卖菜的市场。

在寺庙的入口开始，就有和尚或穿古服的少女，向人推销那些所谓的纪念品，包括书本、明信片、纪念品，以及保佑发财、平安、婚姻、学业、工作、生子等种类繁多的"香火"。进入寺庙以后，每隔一个大门就有左右两摊卖纪念品的铺子，香客围着购买，使寺庙之美毁败无余。

最妙的是，寺庙里也出售"灵签"，要抽签的人不必拜神问神，只要花一百元买一支签，因此中签往往牛头不对马嘴。但日本有一种奇风异俗，不喜欢的签可以结在寺庙的树上送还给神——怪不得日本一般寺庙都是结签满满的树。

日光山上有几座十分不凡的寺庙建筑，像列为国宝的东照宫、轮王寺，列为重要文化财产的中禅寺、二荒山神社、二荒山中宫祠，都由于到处贩售东西而俗气不少。

我们到中禅寺是为了看一尊胜道上人雕刻的古老"立木观音像"。先排队买票，再排半天队才进入寺里，可却不能仔细欣赏这座立木观音，因为和尚在观音面前出售观音的禅杖纪念品，灯光幽暗，有些观光客买完以后也没有时间看观音了，下一批游客马上要进来，出门一看才知道那买到的禅杖是铝外镀了一层粗劣的金，真是扫兴。

在二荒山中宫祠，则由寺庙售卖一种酸奶，听说喝了以后可以生儿子。许多日本人排了半天队，才能喝到一碗酸奶，看了十分可笑，这菩萨如果有灵，恐怕不至于请人喝了酸奶才肯赐给他儿子吧！而且在那样幽静的庭园里，每棵树和每块石头都是细心铺排，排队的人在上面嘈杂，真是煞风景。

说日本的寺庙完全被商业盘据实不为过，日本人什么都要拿来卖钱的，何况是菩萨呢！和尚轮班卖纪念品，恐怕也是世所仅见的了。

但走到庙旁的庭园时，才体会到传统日式庙宇的幽静。日光山上的"庙园"以东照宫的最好，有松梅幽篁，枫槭之属，池水弯曲有致，步阶相间回旋，一景一物，全清晰地映照在清可见底的池水上，美丽无匹的锦鲤则姗姗游过池上倒影，池中颜色变化更是繁复。

要说中国园林与日本园林有何不同，那便是日本的更小了一号，他们甚至可以把看起来如千年古木的树种在一尺见方的盆中，而园中就连一株草也都有它应有的位置,石头的安排也不多出一分一寸。看起来虽然格局偏小,但是想到日本当今追求"轻、薄、短、小"的精密工业型态,和他们的生活哲学实有牵连,看这园林,不正如一架超薄型录影机里组件一样的安排吗?没有一点零乱,甚至连树叶落下也自成一个范围,互不干扰。

这个花园的名字叫"逍遥园",在东照宫的门口右侧。奇怪的是,在东照宫里,满坑满谷如蚂蚁窝的人潮,而在逍遥园里却没有游客,形成十分强烈的对比。在这个世界上喜欢沉静逍遥的人愈来愈少,而大部分人赶千里路来,只是为了上山向和尚买纪念品。这时候我不禁想到:一座寺庙和一株红树,到底哪一个才有永恒的价值,哪一种对人心更有益呢?有时候,寺庙中的暮鼓晨钟听起来还不及一声飞鸣而过的鸟声吧!

夜宿鬼怒川

我们住在鬼怒川的那天夜里,清晨第一道阳光射进纸糊的窗门时,窗外的鸟声哗然升起。推窗竟不见鸟影,唯天际几只巨鹰在松林顶上盘旋，黑色的身影在绿色的林上、金色的阳光里滑翔。

料想那短而清脆的声音绝不是来自老鹰，而是林间深处一种不知名的鸟。也许鹰也在找那声音的来源，只是那一刻看起来，来回绕圈的老鹰犹如指挥棒，而林中的乐师是随棒而鸣唱。

林中那一条溪水，就叫"鬼怒川"，溪水不大也不深，却因穿过两旁的峭壁，声音巨大恢宏，隐隐还有回声，不绝如缕。尤其到了夜里，一切已归寂然，只留下这一条溪水的声音，更比白日里大了十倍，如战车轰轰然驶过。旅店窗口正好面对着鬼怒川，在深沉的静夜，真觉得有地动山摇之势。

夜间无法入眠，披衣沿溪而下。到中游，才见到川上有一座老式的吊桥，桥高有十几丈，桥上铺了出两岸飘来稀疏的落叶，步行桥上，摇晃有声。我站在吊桥中间倾听了这条小川所带动的声音，才知道为什么这川的名字叫"鬼怒川"，如果不是鬼怒，那样宽不及五尺的溪水何以能在秋夜里发出震人的巨吼呢？若说这溪水有什么美，还不如说溪的名字非常动人。

鬼而有怒，怒而纳声于川，且在夜里发声而吼，也算是大自然的天籁之一。更奇的是，这鬼怒之川不是冷水，而是温泉，从地底冒出来的热度约在摄氏六七十度，因而烟雾弥漫，把整个溪水的声音蒙住，而下游之处水温已退，有的地方甚至波平如镜。

在这个地区，所有的房屋全依川而筑，温泉没有硫磺味，水清如瓶，早就是著名的温泉区了。只是一般上日光看红叶的路客匆匆，极少有在鬼怒川投宿的，夜里比邻的街店便没有一家开张。最后找到一家卖荞麦拉面的店，由于店中的温暖，才猛然觉得外面的鬼怒川是最后的秋季了，它有一种透骨的寒冷，只是刚刚为鬼怒之声所迷，不觉得那种寒冷罢了。

问起卖面的妇人："怎么鬼怒川的枫树还没有开始红呢？是不是因为地气热的关系？"

"不是的，一条川的地气哪里挡得住整山的风寒？是因为还没有轮到这里红呢！春天的时候，樱花是往上红的，秋天的时候，红叶是往下红，这鬼怒川正好在中途，是在春最暖时樱花开，在秋最盛时红叶红。每年都是这样子的，再过一个星期，红叶就像排着队往山下走去了。"

在妇人的口中，樱花和红树不是一株一株，而是整山有了生命，像是游牧的种族，春日晴和时爬上山去赶集，而秋天到时则散向有水草的居处。听说这鬼怒之川，在秋冬时呐喊得最厉害，好像在为红叶最后的一程鼓着哗哗的掌声。

掌声在四野散去。

让人觉得，鬼也是大地的精灵之一。

红叶也是大地的精灵之一，赶着上山的人也是大地的精灵之一，香鱼是，风花更是。

好吧，让我来说说鬼怒川的声音：如果山顶的红叶往山下走时，你听到红叶猛然变色的声音，那正是鬼怒川的颜色。

鬼怒川的呐喊，也是秋天的时候，红叶的消息。

一九八五年一月二十九日

抹茶的美学

日本朋友坚持要带我去喝日本茶,我说:"我想,中国茶大概比日本茶高明一些,我看不用去了。"

他对我笑一笑,说:"那是不同的,我在台北喝过你们的功夫茶,味道和过程都是上品,但它在形式上和日本的不同。而且喝茶在台北是独立的东西,在日本不是,茶的美学渗透到日本所有的视觉文化,包括建筑和自然的欣赏。不喝茶,你永远不能知道日本。"

我随着日本朋友在东京的大街小巷中穿梭,去找喝茶的地方。一路上我都在想,在日本逗留了一些时日,喝到的日本茶无非是清茶或麦茶,能高明到哪里去呢?正沉思间,我们似乎走到了一间茅屋的"山门",是用木头与草搭成的,非常地简单朴素,朋友说我们喝茶的地方到了。这喝茶的处所,日语叫 Sukiya,翻成中文叫"茶室",对西方人来讲就复杂一些,英文把它翻成 Abode of Fancy(幻想之居)、Abode of Vacancy(空之居),或者 Abode of Unsymmetrical(不称之居),光看这几个字,让我赫然觉得这茶室不是简单的地方。

果然,进到山门之后,视觉一宽,看到一个不大不小的庭园,零落地铺着石块,大小不一,石与石间生长着短捷而青翠的小草,几株及人高的绿树也不规则地错落有致。走进这样的园子,仿佛走进了一个清净细致的世界,远远地,好像还有极细极清的水声在响。

日本的园林虽小,可是在那样小的空间所创造的清净之力是非常惊人的,几乎使任何高声谈笑的人都要突然失声,不敢喧哗。

我们也不禁沉默起来,好像怕吵醒铺在地上的青石一样。

茶室的人迎迓我们,进入一个小小的玄关式的回廊等候,这时距离茶室还有一条花径,石块四边开着细碎微不可辨的花。朋友告诉我,他们进去准备茶和茶具,我们可以先在这里放松心情。

他说:"你别小看了这茶室,通常盖一间好的茶室所花费的金钱和心血胜过一栋大楼。"

"为什么呢?"

"因为,盖茶室的木匠往往是最好的木匠,他对材料的挑选和手工的精细都必须达到完美的地步。而且他必须是个艺术家,对整体的美有好的认识。以茶室来说,所有的色彩和设计都不应该重复:如果有一盆真花,就不能有描绘花的画;如果用黑釉的杯子,就不能放在黑色的漆盘上;甚至做每根柱子都不能使它单调,要利用视觉的诱引,使人沉静而不失乐趣;即使一只花瓶摆着也是学问,通常不应该摆在中央,使对等空间失去变化……"

正说的时候,有人来请去喝茶。我们步过花径,到了真正的茶室,房门约五尺,屋檐处有一架子,所有正常高度的成人都要低头弯腰而入室,以对茶道表示恭敬。那屋外的架子是给客人放下所携的东西,如皮包、雨伞、相机之类,据说往昔是给武士解剑放置之处。在传统上,茶室是和平之地,是放松歇息的地方,什么东西都应放下,西方人叫它"空之居"、"幻想之居"是颇有道理。

茶室里除了地上的炉子,炉上的铁壶,一支夹炭的火钳,一幅简单的东洋画,一瓶弯折奇逸的插花外,空无一物。而屋子里的干净程度,好像主人在三分钟前连扫了十遍一样,简直找不到一粒灰——初到东京的人难以明白为什么这样的大城市能维持干净,如果看到这间茶室就马上明了,爱干净几乎是成为一个日本人最基本的条件。而日本传统似乎也偏向视觉美的讲求,像插花、能剧、园林,甚至从文学到日本料理,几乎全讲究精确的视觉美,所以也只好干净了。

茶娘把开水倒入一个灰白色的粗糙大碗里,用一根棒子搅拌,碗里浮起了春天里松针一样翠的绿色来,上面则浮着细细的泡沫,等到温度宜于入口时她才端给我们。朋友说,这就是"抹茶"了,喝时要两手捧碗,端坐庄严,心情要如在庙里烧香,是严肃的,也是放松的。和中国茶不同的是,它一次要喝一大口,然后向泡茶的人赞美。

我饮了一口,细细地用味蕾品着抹茶,发现这神奇的翠绿汁液苦而清凉,有若薄荷,似有令人清冽的力量,和中国茶之芳香有劲大为不同。

"饮抹茶,一屋不能超过四个人,否则就不清净。"朋友说,"过去,茶道订下的规矩有上百种,如何倒茶、如何插花、如何拿勺子、拿茶箱和茶碗都有规定,不是专业的人是搞不清楚的。因此在京都有'抹茶大学',专门训练茶道人才,训练出来的人几乎都是艺术家了。"我听了有些吃惊,光是泡这种茶就有大学训练,要算是天下奇闻了。

日本人都知道,"抹茶"是中国的东西,在唐朝时传进日本,在唐朝以前,我们的祖先喝茶就是这种搅拌式的"抹茶",而且用的是大碗,直到元朝时蒙古人入侵后才放弃这种方式,反倒在日本被保存了下来。如今日本茶道的方法基本上来自中国,只是因时日既久熔为日本传统,完全转变为日本文化的习性。

现在我们的茶艺以喝功夫茶为主,回过头来看日本茶道,更觉得趣味盎然。但不论中日的茶道,讲的都是平静和自然的趣味。日本茶道的规模是十六世纪时茶道宗师利休所创,曾有人问他茶道有否神秘之处,他说:

"把炭放进炉子,等水开到适当程度,加上茶叶,使其产生适当的味道。按照花的生长情形,把花插到瓶子里,在夏天时使人想到凉爽，在冬天使人想到温暖。除此之外，茶一无所有，没有别的秘密。"

这不正是我们中国人的"平常心是道"吗？只是利休可能想不到，后来日本竟发展出一百种以上的规矩来。

在日本的茶道里，大部分的传说都是和古老中国有关的。最先的传说是说在公元前五世纪时，老子的一位信徒发现了茶，在函谷关口第一次奉茶给老子，把茶想成"长生不老药"。

普遍为日本人熟知的传说，是禅宗初祖达摩从天竺东来后，为了寻找无上正觉，在少林寺面壁九年，由于疲劳过度，眼睛张不开，索性把眼皮撕下来丢在地上。不久，在达摩丢弃眼皮的地方长出了一棵叶子又绿又亮的矮树。达摩的弟子便拿这矮树的叶子来冲水，产生一种神秘的魔药，使他们坐禅的时候可以常保觉醒状态，这就是茶的最初。

这真是个动人的传说，虽然无稽却有趣味。中国佛教禅宗何等大能，哪里需要藉助茶的提神才能寻找无上的正觉呢？但是它也使得日本的茶道和禅有极为深厚的关系。过去，日本伟大的茶师都是修习禅宗的，并且将禅宗的精神用到实际生活，形成茶道——就是自然的、山林的、野趣的、宁静的、纯净的、平常的精神。

另外一个例子可以反映这种精神。像日本茶室，通常是四席半大，这个大小是受到《维摩经》的一段话影响而决定的：《维摩经》记载，维摩诘居士曾在同样大的地方接待文殊师利菩萨和八万四千个佛弟子。它说明了对于真正悟道的人，空间的限制是不存在的。

我的日本朋友说："日本茶道走到最后有两个要素，一个是微锈、一个是朴拙，都深深影响了日本的美学观。日本的金器、银器、陶瓷、漆器，甚至大到庭园、建筑，都追求这样的趣味。说到日本传统的事物，好像从来没有追求明亮光灿的东西，唯一的例外，大概是武士的刀锋吧！"

日本美学追求到最后，是精密而分化，像京都最有名的苔寺"西芳寺"，在五千三百七十坪面积上，竟种满了一百二十种青苔，其变化之繁复，差别之细腻，真是达到了人类视觉感官的极致——细想起来，那一百二十种青苔的变化，不正是抹茶上翡翠色泡沫的放大照片吗？

我们坐在"茶室"里享受着深深的安静，想到文化的变迁与流转，说不定我们捧碗而饮的正是唐朝。不管它是日本的，或是中国的，它确乎能使人有优美的感动，甚至能听到花径青石上响过来的足声，好像来自遥远的海边，而来的那人羽扇纶巾、青衫蓝带，正是盛唐时代衣袂飘飘的文士——呀！我竟为自己这样美的想象而惊醒过来，而我的朋友却双眼深闭，仿佛入定。

静到什么地步呢？静到阳光穿纸而入，都像听到沙沙之声。

我们离开的时候才发觉，整整坐了四个小时。四个小时只是一瞬，只是达摩祖师眼皮上长出的千千亿亿叶子中的一片罢了。

一九八五年四月十六日

"大文字"奇遇

为了到箱根看日本最后的冬季，我们决定依照过去旅行的方式，先订好在山上的旅馆。

坐车到东京车站，就在车站隔壁找到一家规模十分庞大的旅行社，全部是用电脑作业。当然，要到箱根去可以当天来回，只是如果不能在清晨的时候看到日出，一天的旅行总像缺少了什么。

我们于是决定参加日本最通行的"一泊二食"。所谓一泊二食，就是住一夜，吃早晚两餐，是一般老百姓到山上去洗温泉最常采用的旅行方式。

旅行社的小姐好意地把大部分山上的旅社、饭店的目录与图片拿给我们看，价格从日币两万元到四万元不等。我看目录时，翻到一家"大文字饭店"的目录,照片里的旅馆白墙红顶,是极典型的传统建筑,窗明几净,看起来精致小巧。我马上就喜欢了这家旅店,请旅行社预订。要价一人一泊二食二万四千元,交通及旅行费用自理。

我们下午从东京坐新干线到小田原,再搭上往强罗的夜间小火车。强罗是箱根观光区的山顶站,从山脚到山顶约四十分钟的车程。

那时因为很夜了,加以不是假期,已经没有人上山,一整列火车里,只有我和妻子两人。似乎整座山的冷空气都浸入了车厢之中,夜凉若冰,一丝丝地流过。在火车上,看到箱根山区沿路都是旅馆,灯火虽仅微明,对于又冷又饿的我们,却充满了温暖的暗示。

抵达终点站时,已经是夜里八点半。在山区里,车站附近所有的商店都打烊了,灯火繁华的东京城已远远落在脚下。无端地,使我感觉到一点旅人的寂寞,尤其当我们发现"大文字饭店"原不像地图上显示得那么近时,更感到凄凉。

摸着黑暗的山路,确实知道那时是真正的冬天了,路两旁的树叶在天空的微光中已经红了。偶尔见到的路灯都是被冷气冻结,寒如远星。在箱根的冬夜,既没有被惊起的夜莺,也没有失眠的虫声,大地全在黑暗里入眠。

赶夜路的时候,我想起日本最有名的一首关于旅行的诗,是十七世纪时的名诗人松尾芭蕉所作。他描写日本东北地方的松岛,原诗只有三句:

  啊,松岛!
  啊,松岛,啊!
  松岛,啊!

这首诗之所以有名,是因为它尽在不言中,表明了松岛的不能形容之美。我把这诗的典故告诉了妻子,并且自己这样念起来:"啊,箱根!啊,箱根,啊!箱根,啊!"没想到自己来赶日本的胜景,竟落入了无边的迷雾中,一点也见不到箱根。

深夜的林中,迷雾真的升起了。正当我们感到绝望的时候,终于看到了"大文字"鲜橙色的招牌,四边散放着温暖的光,那白墙红瓦也如照片所见,使我们松了一口气。

穿着白底粉红碎花和服的女服务生款款走来,深深鞠躬后提走我们的行李,奉上热茶,请我们稍候。等我们喝完茶,马上带我们看房间,然后为我们准备晚饭。

我们喝茶的时候,看到"大文字"的古色古香,深为我们的选择庆幸。正赞叹间,来了一位日本老人带我们去看房间,顺着狭窄的楼梯,转了两个弯,老人带我们走进一间两坪大的空间说:"这就是了!"然后交了钥匙,躬身退出。

依照日本房屋的格局,我们以为那是房间的玄关。通常传统的日式房子,都是先玄关,再客厅,最里面是卧室。检查了半天,才知道只有这么一间。有窗一扇,拉开竟是山壁,真是小到无法想象。

"岂有此理!"我当时失声骂了出来。

马上追出去,找到带我们的老人。由于语言不通,比手画脚半天,他还是一脸茫然。再找到原先迎接我们的年轻女服务生,她也一脸无奈。我生气地用中国语叫了出来:"叫你们老板出来,老板懂不懂?老板就是'虾掌'(日语中社长的发音)!"

这下她懂了，进去半天叫来了老板，是一个文质彬彬的中年人，会说一点点英语。我说："你们怎么能这样呢？你去看看那个房间，可以住人吗？"老板马上堆满了笑脸说："对不起，因为房间客满了，只有暂时委屈两位。"

"可是我们在东京打电话预订时，你们明明说有房间的。你们日本人怎么这样不讲信用！"我说。幸好，我口袋里有一份目录照片，掏出来给他看："我们订房的时候，旅行社告诉我们房间是这样的，一房一厅一间玄关。现在却给我们一间厕所一样大的地方。真没想到日本人这么没信用！"

大概是我左一句日本人，右一句日本人击中了他的痛处，他连连道不是，说："我这里真的没房间了。这样吧，既然你们对我的房间不满意，我帮你找别家旅馆。"说完后连连行了几个大礼。

我们坐在旅馆大厅里，看坐在柜台打电话的老板一再试拨电话，急得满头大汗，令我们知道他确实在尽力而为。大约足足打了半小时电话，他堆着满面的笑，一面松了口气一面拭汗说："找到一家好旅馆，它剩下最好的一间房间。"他顿了一顿说，"请坐我的车去吧！"

他亲自提着我们的两箱行李，我们跟随在后，到门口时才发现老板的座车是一部高级的奔驰轿车，看起来是接待贵宾用的。由老板亲自开车，大大出乎我的意料。

在车上，老板一再向我们强调，解释，说今天的事件实在感到歉意，因为订房的事不是他自己负责，以致把仓库租给了我们，要我们千万不要介意。

老板并且主动和我们谈起台湾，他曾数度来台湾，住过圆山、国宾、中泰宾馆等饭店，服务都是一流的："比起贵地的服务，我们今天真是大大的失礼！"他这样做着结论。

他稍稍露出了日本人的自豪说："通常，中国人会像你们这样力争的很少。"我马上说："那是因为以前的中国人没有住到这样坏的房间。"

他听了以后，立即噤声不语，沉默地开车。这时我才发现天色真是黑了，箱根落入一种极深极深的墨渍里。

妻子担心地问："你这样刺激他，他会不会在半山腰给我们放鸽子呀？"

"大概不至于，这是有名的旅馆呢。"

最后，我们的座车停在一家名为"富士屋饭店"的停车场。进入饭店才知道这家"富士屋"规模比"大文字"大十倍以上，气派之大，装潢之考究，即使台北的圆山也要为之逊色。

"大文字饭店"老板把我们交给"富士屋"柜台，做了最后的道歉才离开。柜台的服务生告诉我们："给你们住的房间本来是保留给大官用的，平时不租给游客。要不是大文字的老板一再恳求，你们就住不进来了。"

带我们看房间时，真令我们大吃一惊。那间套房有客厅、卧室、起居室，占地三十余坪，这是我生平住过最大的旅馆房间了。而且整个装潢是欧式的，即使桌椅杯壶也大有讲究，看起来都像古董。

"这房间平时一个晚上的价格是十万元日币，今天情形特别，并不多加你们房钱。只是现在晚餐时间已过，如果你们要吃晚餐，要另外付账。"这时候我发现，经这样一闹，已经夜里十点了。

后来我才知道这家"富士屋"已有两百多年历史，是箱根山上最有历史、最讲品质的饭店，日本的天皇、太子、首相、大臣之属到箱根度假，都会住到这个旅馆。大文字和它一比，就像木柱比龙柱一样。而我们做梦也想不到花了平民的价钱，只因为对房间不满，就住到贵族的饭店来了。

夜里洗温泉时，想起这一夜的奇遇，不禁又佩服起日本人来。日本成为亚洲的龙头不是没有道理的，他们勇于认错，勇于负责，而且不惜一切挽救错误的作风，是他们通往成功的阶梯。

试想想，如果这事发生在台湾，有一天你到山上的旅馆去，他们给了这样的房间，你要如何是好？坏的情形是，根本没有人理你，反正你已经付了钱，爱住不住是你的事！好的情形是，把钱退给你，请你走路！——在台湾，售后服务的事是很少有的。

我不是为我们的服务品质悲观，但看到日本人力争向好的态度，最后竟使我自惭。洗完温泉，仍感觉被冬天的夜寒深深地包围着。

一九八五年三月二十八日

买一斤山水

坐在荷兰阿姆斯特丹公园里贩卖咖啡的露天铁椅上,因为是清晨,空气里围绕着一层淡薄的凉意。晓雾尚未散去,正在喷水池的周边流动着,滚热的刚端上桌的咖啡,蒸腾的烟与流过来的雾混成一气,向植满玫瑰的花圃那边流去。

环顾四周,繁花的颜色突然一下子细语起来。各种花的本色在流动的雾和斜照的曦光中,柔软清晰得近乎透明。几只有着斑灿羽毛的公鸡正在花圃四围的浅草上踱着方步,昂着首,走过来,走过去,偶尔俯下身来看着草地,寻找着食物。

视线如果从喷水池四散的水雾看过去,就能见到远方起伏不定的山峦。因为有了水,山显得又温柔又明净。然后调整视距,能清楚地见到花园里盛开的色泽。其实，园子里的花都是很平常的，玫瑰、蔷薇、海棠之属，却不知道为什么，这一刻显得这样美丽，是因为人在异国吗？还是荷兰人真的会种花？我这样想着。

循着思绪，我慢慢找着贴切的答案。以台湾的风土，以台湾花的种植技术，我相信如果提供一个同样的花园，我们也能种出和荷兰一样好的花，说不定还能更好。但是，我们为什么没有这么美的花园呢？

在荷兰、瑞士这两个国家，我对风景有一种特别的感怀，因为荷兰、瑞士比起埃及、希腊、意大利、法国，不像它们有那么深沉的文化和艺术。我们千里迢迢来此，想要看的只是山水而已，虽然荷兰也有伦伯朗，也有梵高，却不像山水那样深深令人动容，因为伦伯朗和梵高的作品大部分外流了，不像它的风景不动如山，不可更移。

坐在阿姆斯特公园，我对妻子说："我们到这里，为的是买一斤山水罢了。"

山水固然是无价的，但是我们计算起来，要看异域没有污染的山水，必须坐飞机横越大洋，要投宿在不知名的旅店，还要吃饭、坐车。算起来，如果我们目见的美景能以斤两计算，那么一斤山水的昂贵实在不亚于一斤黄金，何况山水是带不走的，它永远在那里，在明信片上、在海报上，刺激人的购买欲。欧洲一些没有文化背景的国家，靠着山水的维护，每年不知道收入多少外汇！

对于清明纯净的山水的向往，多年来使我旅行过不少地方，足迹也遍布台湾全岛，有许多地方甚至多次造访。令人难过的是，当你第二次前往的时候，山水已不是原来的山水。台湾所有的观光区都可以归入山水破坏的一个环节，只要在地图上标有观光区标识的地方，就表示不必徒劳往返，它一定被盖成一些俗不可耐的房子，一定到处都是垃圾，一定这里被挖去一块，那里被削去一角，然后有人拉着你买过期的特产，有人强迫你照相。

我觉得台湾的山水是很贱价的，不要说一斤，即使可以成吨成吨地搬移，也常无人过问，因为我们管不到山水。

山水是无言的，即使我们在台湾所有的山水都盖水泥厂，山水也不会抗议。但是所有的工业、科技、生产在山水的眼中都是渺小的，因为只有山水给人永恒的启示。我觉得活在工业社会还能有一点趣味，那是因为在遥远的郊区还有一片山水洗涤我们。

倘若失去这些，人活着还有什么用处呢？

我们到北部滨海公路，是买一斤山水。

我们去东部沿岸，是买一斤山水。

我们到南部海滨，是买一斤山水。

我们进入环山部落，是买一斤山水。

然后，山水慢慢失去原味，在生活里变质了，于是我们往更远的地方去。

我们到澎湖群岛，去买一斤山水。

我们到兰屿和绿岛，去买一斤山水。

慢慢的，澎湖、兰屿、绿岛居民也学会我们这一套——你不知道兰屿的珠光黄裳凤蝶一只卖八十元，使它几乎在兰屿绝迹吗？——把山水改变、把海岸破坏，我们往哪里去呢？我们只好到更远的地方去。

到处去买山水，已经是现代人生活的一种方式，但最可悲的，是那些无知地贱价地毁了自己山水的人。

我们的山水已经破产了。

或者说，我们的山水一定会破产。

台湾通过都市的河流，已经捞不起来一条鱼。

台湾深山林地里，过度的滥垦与捕杀，使原有的山羌、石虎、黑熊、猴子……几乎全部绝迹，只能在动物园里看见。为什么一个在艺术里最讲山水、在哲学里最追求天人合一、在文学诗歌里最歌颂自然的民族，竟会沦落到为了眼前的小利把由南至北、从东到西的山水破坏到完全没有立足的地方呢？

有人认为这是工商业发展的必经之路，但这是禁不起分析的。瑞士的精密工业是世界第一的，为什么他们的山水不会被破坏？荷兰的机械、运输、电子何等发达，为什么他们能维护一整个地区的山水？北欧的瑞典，城市规划何等现代，为什么城市可以与山水并存？即使在植物难以生长的丹麦，他们甚至想尽办法在温室里培养山水。

到了这个时代，也许用工商经贸的发达可以评定一个地区的富裕，但一个地区的品质，则要从他们对待山水的态度来评定。在中东一些产油的国家，生活是富裕的，可是总给人品质不良的印象，那是因为他们根本没有山水，一个没有山没有水的地方，哪里还能谈到生活的情趣呢？

我们山水的沦落与丧失，不在于我们真的没有山水，而在人的贪欲、人的自私。因为所有的物品都可以由私人来用，唯有山与水，是每个人不论贫富都可以享受的，问题是：有许多人连山水都要耗尽，用来追逐自己的欲望——山林的破坏，是为了能多种几棵果树；河水的污染，是为了自己经营的工厂。在山溪河沟毒鱼的人，只管一天能毒到几斤鱼，哪里想过一条河的死亡？

我读书的时候，时常在景美的仙迹岩念书，仙迹岩上有几个传说是吕洞宾的脚印，那个传说是这样的：

吕洞宾在仙界百无聊赖，想要收一位徒弟把毕生的仙术传授给他，他想：我的徒弟应该具备什么样的资格呢？最后他订出一个简单的条件："只要是不贪心的少年就好。"

吕洞宾想到这里，摇身一变，变成一个卖汤圆的老头，他在摊子上挂一块招牌："一个铜钱吃一碗，两个铜钱随意吃。"然后坐在路边等待他未来的徒弟。

从清晨到黄昏，所有路过的人都掏出两个铜钱拼命吃汤圆，直到吃撑了才一摇一摆地走了。天黑的时候，来了一位少年，只付一个铜钱吃一碗汤圆就要离开，吕洞宾心想收徒有望，大为高兴，连忙叫住少年："你为什么只吃一碗汤圆就走？你是人间唯一不贪心的人。"少年哭笑不得地说："我身上只有一枚铜钱，否则当然是吃饱了才走。"

吕洞宾长叹一声，一跃而起，双足在仙迹岩上顿了一下，飞天而去，发现人间竟没有不贪心的人。仙迹岩上如今留下的吕洞宾脚印真是意味深长，可惜已经被淡忘了。不要说是汤圆，就是我们的山水日月也在贪念之下完全丧失了。没有一个卖木材的人只砍一棵树，没有一位猎人只打一种猎物，没有一个毒鱼的人只毒一条河，也没有一个建筑师只铲平一座山……

吕洞宾曾有两句诗："一粒粟中藏日月，半升铛内煮山川。"同样的，一条河、一座山的受伤就足以代表了我们对日月山川的看法。

我有一个朋友，许多年来一直在做记录台湾山水的摄影工作，留下很多尚未被毁的山水镜头。他有时开玩笑的说："不要小看了这些景物的照片，一百年后拿出来放映还可以收门票呢！因为到那个时候，台湾的孩子们已经不知道我们曾经有那样的景色了。"

那些照片现在看起来还不算稀奇,有的是春天草原上盛放的鲜花,有的是夏天的群树歌唱、众荷喧哗,有的是秋天的红枫落叶最后的鸣蝉,有的是冬天的雪地中挣脱的一叶新芽,有的只是单纯的阳光明亮地普照……

想到这些举目所见的景物,一百年后可能在我们的土地消失,说不定真要买票才能看到它在照片上重现,心里不免深深地忧伤起来。

山水本是无辜的,过去的山水无价,但当我们必须远离居住的地方才能见到明山净水,山水就变得有价了。一斤山水之价绝对胜过一斤黄金,因为黄金也许不会消失,永远被宝爱的人收藏,然而山水呢?看现在的趋势,总有消失的一天。

那一天的到来,中国几千年的美学、哲学、文学全都失去了意义,纵使把整个历史翻转也无能为力了。

一九八四年四月一日

庞贝的沉思

到庞贝古城的时候,我都为自己的感觉吃惊,这种吃惊仿佛不是处身在意大利或任何一个外乡的城邦,而是走进了汉殿秦宫,好像有许多中国的声息,响在那些铺得平整的青石街道;有许多中国的呼吸,在错落有致的红砖墙里吞吐。

那种感觉在意大利的其他地方或者欧非的其他城市里是找不到的,虽然欧洲有许多城市古典而浪漫,但是那古典一眼就看出是西方的,那浪漫一感觉就知道出自不同的文化体系,与中国扯不上什么关系。

庞贝就不同了,也许由于时空的转移,屋宇遭到破坏,使它的格局不同于其他西方城市,反倒像是中国某一个规模庞大的园林建筑。我们在庞贝古城任意散步,脑中究竟留下什么印象呢?

它大部分的地区被野草、藓苔、灌木丛所滋生,留下了断垣残壁,但在断残的垣壁中,我们看到保持完整的罗马剧场,看到巍峨的屋宇与其间巨大的拱廊与列柱,看到宽大舒适的公共浴场,看到雄伟的公共娱乐场地,看到罗列的商店街、银行、堂皇的拱门。如果我们再细心一点,就看到地板与墙壁上镶嵌的花样,看到墙上至今仍然绚烂夺目的绘画,以及建筑上使用的红砖材料与青石板,甚至屋上的瓦片、木头的栏杆遗迹……

我明明知道那是罗马帝国时代的一座城,却说不清为何有了中国的感觉,那感觉也不是温婉的宋明,简直是雄伟的汉唐了。

我坐在庞贝古城的一座门槛上,辨析自己的感觉,而且忍不住质问自己:我有什么资格说庞贝的感觉是中国的?

分析的结果,我发现主要的是来自"生活",一种人文的鲜锐的生活。看到庞贝城,几乎能触摸到那时的生活,在曲折有味的回廊中行走的古人,在繁盛的花园里散步的古人,在热闹市集交易的古人,一时之间,就从眼前活过来了;而过那样的生活,不一定要穿罗马袍服,也可以穿中国的古装,它是人类古代文化高峰时生活的形式,不限于西方或中国。

从现代的眼光看,那时的富足与闲逸,甚至可以看成是罪过或委靡的,怪不得后来的历史家说庞贝的被埋是"上帝的天谴",因为他们太纵欲、太安逸了。那时罗马的石碑这样记载:"田猎、沐浴、游戏与狂笑即是生活。""沐浴、饮酒、恋爱足以戕害人的健康,但却使人生快乐。"足以看出当时庞贝人乃至罗马人的生活。

到庞贝古城之前,我在罗马的夜间电视看到一部数十年前的黑白电影,片名就叫"庞贝",是无声的默片。那是一部写生的电影,仿庞贝城的格局搭的内景,演员全穿着当时的服装,花园中盛开着鲜花,让人仿如真的走入了一个庞贝的历史文化片段。

电影的情节非常简单,一个褴褛的卖花女,有国色天香的姿容,在商店街口卖花,由于她的褴褛,几乎没有人注意到她。一天被一位富家公子看中了,不但买了她全部的花,还带她回家,娶了她。从此她过着家庭主妇的生活,洗衣、烧菜、做羹汤,由她的生活里我们可以看到庞贝当时的妇女生活。而她的丈夫呢?

过的正是沐浴、游戏、饮酒与狂笑编织的日子,因为不能忍受那纵欲的生活,她最后又回到街头去卖花……

在电影之前,我从资料上得知的庞贝是罗马帝国时代的商业中心之一,居民一共有一万五千人,每到市集之日,从各地来赶集的商人络绎于途。它当时已发展出极精致的艺术和非常高品质的商业生活,有各种专业的商店,有存钱的银行,几乎具备了现代城市的格局。公元前六年,庞贝经历过一次不小的地震,市容残破,经过数十年才完全恢复旧貌。

庞贝距离维苏威火山只有八公里。公元七十九年,维苏威火山大爆炸,一夜之间被火山喷出来的灰烬完全埋没,居民无一幸免。据后来的专家考证,那次的火山爆炸比一颗核子弹的威力还大。一八七六年,庞贝被发掘,即开始由意大利政府有计划地挖掘整理,经过一个世纪还没有完全挖掘出来,因为庞贝古城的面积总共有六百公顷之大。

知道这些资料,有助于我们对庞贝的概念性了解,但是如果没有真正身临其境,实在无法知道庞贝,因为一个城主要的不在外貌,而在风格、精神与感觉。

说到我看见的庞贝城外貌，除了上述的大印象外，在细微处，我印象较深的是它的建筑与雕刻受希腊时代的影响极大。大厅上红黑色的壁画，风格独特，深沉敏锐，三温暖的浴室设备比现代豪华，厨房的灶及用具非常完备，小房间墙上的春宫画生动逼真——可见外貌是靠不住的。

当时被淹没在火山灰烬中的人，都早已成了化石，从他们脸上痛苦的神色，可以感知一个人面对危难的无助与悲哀，可是因为是化石，也只是外貌而已。

我说城市的风格、精神与感觉重要，说庞贝有中国趣味，是因为我联想到庞贝最繁盛的时代，正当我们汉朝最盛的时候，这两个同一时代，隔着千万里空间的文化，给我们的感觉是十分近似的。

可惜我们不能窥见汉朝，而庞贝由于火山的爆发，在两千年后，竟成为欧洲考古与历史学家必须研究的重心，也成为艺术家与文化学者朝圣的所在。

但是中国的感觉并不是我独有的，与我同行的朋友也都为庞贝的中国趣味所吸引，在其中流连忘返。这时我才深觉"比较人类学"实在是必要的学问,透过这种研究,我们几乎知道,不管在任何时空之下,剥开一些人文的外貌,其实人所发展的文化不必沟通,也有许多相同的地方。

从罗马到庞贝约需四小时的车程,从南方那不勒斯到庞贝也是四个小时,一路上全是意大利现代乡村的景观,居屋零落,绿树葱葱。在这样的路上,我们很难想象在荒烟蔓草中埋了两千年的庞贝还存在着,反而庞贝古城四围,因为观光发达,竟成了一个繁荣的市镇;然而如果看过庞贝古城,再看这也称为"庞贝"的新城,就会发现现代的城实在是太贫乏了,几乎是文化的真空。

远望着维苏威火山壮伟的背影,我曾悲哀地想,如果现在还有一次爆炸,埋葬了新旧两城,后世的人将会如何品评这两座城市的格局呢?

在庞贝古城盘桓不忍离去,这是罗马共和时期的一座可能不是最好最大的城市,但共和时期的建筑物几乎已经消失了,只留下庞贝这个完全的都市,在时空中耸立,这也算是火山对世界文化唯一的恩赐了。

离开庞贝时已是黄昏,落日正顶在最后的一道墙垣,那时看着金橙的落日，在我心中浮现的是一座中国的城，一种中国的情绪，想起的是一个在唐朝埋没的中国北方古城"楼兰"。庞贝从火山灰中重活，而楼兰恐怕要永远消失在大漠里。

庞贝对我而言，不只是观光的地方，它的一景一物，时迁日久，仍鲜明得像我一直走进那个城里。

一九八三年十月一日

原宿青年

原宿是日本一个相当特别的区，近年来它的发展特色，使它成为世界知名的一个区域，尤其到了周末假日，世界各地的观光客都想来此一窥究竟，甚至日本本国人民也把东京的原宿当成一个旅游的重点。

原宿到底有什么魅力呢？我在日本旅行时曾经四度到原宿，发现原宿的魅力既不是来自它的风景，也不是来自它的建筑，而是来自它的青年文化，以及由这个文化所衍生出来的美学。

在世界性的朋克风潮中，原宿是最激荡与最热烈的一个支流。从原宿，几乎可以看到日本人接受世界文化风潮感染时的模式。

日本的原宿青年与欧美的朋克青年之最大不同，是原宿青年仍接受社会的规范，原宿是完全属于他们的范围，他们在这里得到了暂时的解放。正因如此，在原宿是没有什么中心思想的，原宿青年也并不想为社会带来什么改革，只是每星期例假日，到原宿来寻求暂时的解放。

我在东京时，发现东京和台北最大的不同是，东京的每个区都有它的特色，而且都非常热闹，像银座、新宿、涩谷、原宿、上野、浅草、池袋等等。这些地方交通均十分方便，也没有特定的隔离，但却好像划定了范围似的，风貌全然不同。每个地方都有每个地方的热闹，但是到了星期例假日，原宿是最热闹的，仿佛所有的青年都跑来了似的。

星期日的原宿，几条主要街道上全日交通管制，通常街道两旁满布着咖啡厅，沿着道路则是摊贩。怎么样形容那种拥挤的情况呢？街上几乎完全没有人可以立足的地方，走在街上仿佛被推着往前走，触目所及，全部是黑压压的人头，站在横隔街道的天桥上看，好像有什么庆典把人包围得水泄不通。

我过去觉得西门町天桥的人潮是世界上最拥挤的地方，到了原宿才知不然，西门町天桥的人潮只有原宿的十分之一，而原宿拥挤的地段比西门町还大十倍。

这些人大部分是来购物和看热闹的，如潮水在街上流动，而街上的叫声喊声震天，连相互说话都要扯开喉咙。

另外一批青年则是专程来疯狂跳舞的，他们占据街道和公园一角，带着自备的唱机，服装和发型争奇斗艳，就在街上唱起来、跳起来了。现在最流行的是霹雳舞，所以大部分青年穿夹克，以便躺在地上转圈子。他们的音乐之疯狂、动作之激烈，很可以想见，每一个跳舞的都是满头大汗，常常在当街上就有女学生把上衣胸罩都扯掉了（在日本这似乎是司空见惯的事）。每个人都好像吃了药物，那样尽情，那样沉醉和痴迷。

每个街头都站了警察（有一些明显是便衣），他们通常只抱着欣赏的态度，有的则是维持秩序、预防滋事。听说警察从不干涉原宿的青年活动，只有一次唯一的例外，是全斗焕访问日本，在原宿凡是不带身份证的都被抓到局里去，尤其是韩国人，关到全斗焕离开日本以后才放出来。

前面说过，在原宿可以看到日本人接受世界文化风潮的模式。原因在于，欧洲的朋克族大部分是真正流浪街头的青年，而日本的太阳族则大部分是学生，小部分是社会青年，他们只在例假日到原宿来疯狂一下，星期一以后，全部又回到社会和学校，与一般人一样，过正常的生活。

日本在这一方面有相当坚强而固定的传统。大部分的日本人不反对原宿青年的作为，是由于他们对社会传统的自信，并且知道原宿也是仅止于此。原宿因此和纽约的格林威治村、伦敦的皮卡迪利广场不同，它的风格没有那么固定，意识形态也没有那么显著的反叛。

就像日本人允许男人在东京最热闹的银座当街小便一样，也像日本人允许男人喝醉了酒在街上吐一样，由于他们社会制度的过度严密，团队里服从的压力，在适当的管道得到暂时解放，是必需的手段。原宿青年的狂热在这个层面上，与东京街头林立的电动弹珠店并没有两样。

原宿青年在意识形态上没有西方以前的嬉皮、现在的朋克思想那样完整。但在日本，不可忽视的是，它们逐渐在改变日本人的美感。原宿也因为这些青年，逐渐成为东京流行的中心。原宿的百货公司、服饰店都是最前卫的服饰,影响力几乎可与银座相抗衡。

那么原宿的美学是什么呢?

一是奇异——从发型、服装的变化到鞋子的样式,所表现的就是奇异,不同于过去的形式。这样的奇异,几年前的日本人是无法接受的,但现在却成为日本青年的标志之一。

二是鲜艳——原宿改变了日本的色彩,在这里最常被使用的不是混合色,而是单色的配色,它们的配色观念与传统大相径庭,因此打开了服装颜色的新视野。

三是老旧——朋克文化是崛起于贫民窟的垃圾堆,因此原宿也恢复了一些老旧的流行,有许多甚至相当古典。在原宿的摊贩,到处都是卖旧衣的,价格便宜,式样繁多。这一点,使原宿改变了流行向前看的作风,它偏偏向后看,而且愈老的愈引人注目。

四是行动——在原宿看到的年轻人打扮,好像每个人随时都可以跳起舞来似的,他们随时在动着,不像传统东方人正襟危坐的传统,他们讲求行动的美学。

好了,原宿究竟有什么干系呢?有的。我们在台北看到的几本办给年轻人看的（尤其与日本合作）服装杂志就是原宿的翻版；台北的一些青少年服装店简直是原宿的分店；而"原宿型"的台北青年正在东西两区繁衍；台北青少年的美学也正是原宿的美学。

最令人担心的是，台北并没有一个真正属于青年的地方，也就是说：台北的青年有模仿的对象，而台北的青年文化却没有真正的出路。这才是容易令青年迷失的症结所在。

一九八五年四月一日

菩萨的心情

南部的台湾,近几年盛传着一个不可思议的奇迹。故事发生的时间是一九八二年,空间则从高雄的旗山始,北达台北石门富贵角,南抵屏东的枋山、枫港。

再往远的地方,则和福建省的金门、安徽省青阳县九华山、江苏省吴县都有关系。

如果不是亲眼所见、亲耳所闻,这个故事几乎是难以置信的。

记得一九八二年七月间,我有一位乡亲游信平,从高雄旗山老远跑来看我,原因只是为了告诉我一件"了不得的大事"。那一年农历四月间,在寂静的镇上发生了一件轰动的事,使整个小镇都为之沸腾。

在旗山镇湄州里永福街的转角，原木有一座不起眼的小庙，供奉着地藏王菩萨，香火并不兴旺。这尊地藏王菩萨原由安徽省青阳县九华山分灵而来，每年农历四月总要回到安徽去谒祖，一九八二年，弟子们仍像往常一样为地藏王菩萨的回娘家而忙碌着。

就在农历四月十四日（阳历五月七日）这一天，这座庙的管理员王正福夜里突然做了一个梦，梦见地藏王菩萨托梦，指示众弟子在四月二十一日前往台北县石门乡富贵角接驾，届时将有佛祖释迦牟尼同来。

王正福醒了以后，将梦中的情景告诉庙里的人，才知道该庙的主任委员王清泉、副主任委员王昭辉都做了同样的梦。本来将信将疑的事，到这时也不能不信了——大家牢牢记住菩萨的指示"农历四月二十一日卯时"。

总共约集了一车的人往富贵角浩浩前进，卯时是清晨五点到七点。因此一车子的人天未亮就在海边焚香等候，准备接驾，但眼看着无边的大海，却没有把握菩萨会因梦而显现，想不到，几乎就在天亮的同时，众人眼见海面上飘来一块黑黑的木头。正凝视的时候，突然打来一个浪头，把那块木头打到了岸上，围过去一看，正是一尊佛像，正正地坐在沙滩上。

信徒们几乎因大喜而疯狂，当下就马不停蹄把佛像迎回高雄县的旗山镇供奉起来。后来做了法事，才知道那是一尊释迦牟尼佛，原供奉于江苏省，是明朝以前即已雕成，佛像背面还刻有"苏州府归原寺"的字样。

也就在乩童"观"的时候，地藏王菩萨表示，他一共迎请了归原寺的三尊佛像，这只是其中的一尊，第二尊要来的是"药师如来佛"，抵达时间是农历五月三日（阳历六月二十三日）子时，地点在台南县七股乡海边。

消息一传出来，参加迎佛的人群远比第一次盛大，甚至还有从外乡镇赶来参加的，车队浩浩荡荡前往台南县七股海边。子时是子夜十一点到一点整，海边的能见度低，海岸线又长，致使上百的人群在海边苦候了一夜，没有见到佛像的踪迹。

第二天沿着海岸线询问，找了几天，才发现这一尊药师如来佛被供奉在七股海边海埔地的"镇海将军宫"。一问之下，才知道五月三日子时，有一位货运车司机在海边捡到一尊佛像，看到雕工精美、宝相庄严，便把他拿到镇海将军宫供奉起来。该宫的人闻知原委，连忙将佛像送给地藏王菩萨庙的人带回。

游信平来找我的时候，正好是第二尊佛像迎回不久，他说第三尊佛像依指示将于农历六月二十一日（阳历八月十日），在屏东县枋山乡狮头山附近海边飘来登陆。

他说："这种奇迹，这种盛况，是千年难得一见的，你一定要回来看。"因为前两次的神奇，已使小镇人心鼎沸，第三次的迎佛必是难得的热闹。

我当时也答应了一起到屏东枋山乡去看这难得一见的盛典。可惜因为事情太忙，不能南下，幸好我的父亲以及我童年相识的一些好友都参加了这个盛会，足以为我证明这不只是巧合。

那一次的接佛，人潮成龙，热闹的情况就不必说了。果然，依照菩萨"指示"的时间，于一九八二年八月十日酉时（下午五点多）在狮头山海面登岸，据我父亲说那一天海面浪大，可是大家却亲眼目见佛像自海上缓缓漂来，安详宁谧，令人肃然起敬。

现在，这三尊佛像，释迦牟尼佛、阿弥陀佛、药师佛并排供奉在地藏王菩萨庙里。佛像用上好的乌沉香木料刻成，高约二尺左右，姿势完全相同，都是盘腿打手印，俯眼注视人间。

从佛像宝相之庄严，神情之安详，衣褶之灵动及雕刻之精密细致看来，如今遍布全岛的雕像师傅难有这样高超的手艺。而且佛像身上的金漆剥落，时间的痕迹历历可见，绝非现代的东西，因此这个现代的奇迹应是可信的。

最奇特的是，佛像本来在苏州，要到台湾来必须经历几千里河山，漂浮江海。尤其在海上，漂浮时间甚久，理论上应受海水侵蚀。实际上迎回的佛像因饱含海水，其色如墨、其重如金，但供奉历月之后，竟从佛像的内部透出金色的光泽，而海水痕迹全部消失了。

我每次看到这三尊佛像，真是为之动容。佛法力无边，令雕像漂浮海上原是一种形式而已，只是在导引人间信众更近佛门吧！于大能的佛菩萨，这样的奇迹似乎并不是多么值得夸耀的事。

偏居小镇小巷的"地藏王菩萨庙"似乎值得一提，因为它供奉的佛像也是来历甚大。

这尊地藏王菩萨原来供奉于安徽省青阳县九华山，明朝洪武元年（一三六八年），浯洲（即现在的金门）有一姓周的居士前往九华山朝圣，将佛像请回金门水头侍奉，到一九七〇年六月十九日，王正福在金门服役退伍，从前线请回台湾，安奉于旗山湄州里。算一算，这尊佛像也有超过六百年的历史了，身高五尺，威仪自在，令人望之而生信服。

说起本省的佛像，有几尊能是六百年以上的历史呢？可惜因偏处小镇，过去竟而香火寥落，要不是有三次神异，也不会唤起乡人重新来认识他。这又使我想起地藏王菩萨的得名，原是"安忍不动如大地，静虑深密如秘藏，故名地藏"，形若其名，是如此的深刻。

但地藏王菩萨之令人感动则在他的行仪。在释迦牟尼灭度之后，弥勒佛未生之前，他担负着救度众生的重任，曾许下大愿，自己愿意一再投身六道轮回，普救人天地狱诸众生，因此常住地狱拔苦。

他的大愿是八个字："地狱未空，誓不成佛。"正是释尊所说："我不入地狱，谁入地狱！"也就是《楞严经》上说的："有一众生未成佛，终不于此取涅槃。"那样超拔无私、悲天悯人的精神境界，每一思及，都令人五内如沸，是真正灭苦救度的菩萨心情，凡人虽身不能至，而心向往之。

当南部各乡镇的民众津津乐道于地藏王庙的神迹之时，我想到，神迹虽可见可闻，却唯有体会到菩萨真正的心情和超拔自我的精神世界，神迹才是有意义的。

因为在这个混乱的时代里，我们需要的不是神迹，而是真理；我们需要的不是神佛的恩宠与眷顾，而是平等、无私与正义！

假如真有神迹，就让我们在神迹里自觉吧。因为只有自觉，才能使乌云散去、日光遍照，使我们成为有清净智慧的人。

人人不必成菩萨，但人人可以有菩萨的心情！

一九八五年四月一日

味之素

在南部，我遇见一位中年农夫，他带我到耕种稻子的田地。

原来他营生的一甲多稻田里，有大部分是机器种植，从耕耘、插秧、除草、收割，全是机械化的。另外留下一小块田地由水牛和他动手。他说一开始时是因为舍不得把自小养大的水牛卖掉，也怕荒疏了自己在农田的经验，所以留下一块完全用"手工"的土地。

等到第一次收成，他仔细品尝了自己用两种耕田方式生产的稻米。他发现，自己和水牛种出来的米比机器种的要好吃。

"那大概是一种心理因素吧！"我说，因为他自己动手，总是有情感的。

农夫的子女也认为是心理因素，农会的人更认为这是不可能的，只是抗拒机器的心理情结。

农夫说："到后来我都怀疑是自己的情感作祟，我开始做一个实验，请我媳妇做饭时不要告诉我是哪一块田的米，让我吃的时候来猜。可是每次都被我说中了，家里的人才相信不是因为感情和心理，而是味道确有不同，只是年轻人的舌头已经无法分辨了。"

这种说法我是第一次听见。照理说同样一片地，同样的稻种，同样的生长环境，不可能长出可以辨别味道的稻米。农夫同样为这个问题困惑，然后他开始追查为什么他种的米会有不同的味道。

他告诉我——那是因为传统。

什么样的传统呢？——我说。

他说："我从翻田开始就注意自己的土地。我发现耕耘机翻过的土只有一尺深，而一般水牛的力气却可以翻出三尺深的土，像我的牛，甚至可以翻三尺多深。因此前者要下很重的肥料，除草时要用很强的除草剂，杀虫的时候就要放加倍的农药。这样，米还是一样长大，而且长得更大，可是米里面就有了许多不必要的东西，味道当然改变了，它的结构也不结实，所以它嚼起来淡淡松松，一点也不弹牙。"

至于后者，由于水牛能翻出三尺多深的土地，那些土都是经过长期休养生息的新土，充满土地原来的力量，只要很少的肥料。有时根本用不着施肥，稻米已经有足够成长的养分了。尤其是土翻得深，原来长在土面上的杂草就被新翻的土埋葬，除草时不必靠除草剂；又因为翻土后经过烈日曝晒，地表的害虫就失去生存的环境，当然也不需要施放过量的农药。

农夫下了这样的结论："一株稻子完全依靠土地单纯的力气长大，自然带着从地底深处来的香气。你想，咱们的祖先几千年来种地，什么时候用过肥料、除草剂、农药这些东西？稻子还不是长得很好，而且那种米香完全是天然的。原因就在翻土，土犁得深了，稻子就长得好了。"

是吧！原因就在翻土，那么我们把耕耘机改成三尺深不就行了吗？农夫听到我的言语笑起来，说："这样，耕耘机不是要累死了。"我们站在农田的阡陌上，会心地相视微笑。我多年来寻找稻米失去米的味道的秘密,想不到在乡下农夫的实验中得到一部分解答。

我有一个远房亲戚,在桃园大溪的山上种果树。我有时去拜望他,循着青石打造的石阶往山上走的时候,就会看到亲戚自己垦荒拓土开辟出来的果园。他种了柳丁、橘子、木瓜、香蕉和葡萄,还有一片红色的莲雾。

台湾的水果长得好,是人尽皆知的事。亲戚的果园几乎年年丰收,光是站在石阶上俯望那一片结实累累红白相映的水果,就足够让人感动,更不要说能到果园里随意采摘水果了。但是每一回我提起到去果园采水果,总是被亲戚好意拒绝,不是这片果园刚刚喷洒农药,就是那片果园才喷了两天农药,几乎没有一片干净的果园。为了顾及人畜的安全,亲戚还在果园外面竖起一块画了骷髅头的木板,上书"喷洒农药,请勿采摘"。

他说:"你们要吃水果,到后园去采吧!那一块是留着自己吃的,没有喷农药。"

在他的后园里有一小块围起来的地,种了一些橘子、柳丁、木瓜、香蕉、芒果，还有两棵高大的青种莲雾等四季水果，周围沿着篱笆，还有几株葡萄。在这块"留着自己吃"的果园，他不但完全不用农药，连肥料都是很少量使用，但经过细心的料理，果树也是结实累累。果园附近，还种了几亩菜，养了一些鸡，全是土菜土鸡。

我们在后园中采的水果，相貌没有大园子里的那样堂皇，总有几个虫咬鸟吃的痕迹，而且长得比较细瘦，尤其是青种的老莲雾，大概只有红色莲雾的一半大。亲戚对这块园子津津乐道，说别看这些水果长相不佳，味道却比前园的好得多，每种水果各有自己的滋味，最主要的是安全，不怕吃到农药。他说："农药吃起来虽不能分辨，但是连虫和鸟都不敢吃的水果，人可以吃吗？"

他最得意的是两棵青种的莲雾，说那是在台湾已经快绝迹的水果了，因为长相不及红莲雾，论斤论秤也不比红莲雾赚钱，大部分被农民毁弃。"可是，说到莲雾的滋味，红莲雾只是水多，一点没有味道。青莲雾的水分少，肉质结实，比红色的好多了。"

然后亲戚感慨起来，认为台湾水果虽一再改良，愈来愈大，却都是水，每一种水果吃起来味道没什么区别，而且腐烂得快。

以前可以放上一星期不坏的青莲雾，现在的红莲雾则采下三天就烂掉一大半。

我向他提出抗议，为什么自己吃的水果不洒农药和肥料，卖给果商的水果却要大量喷洒，让大家没有机会吃好的、安全的水果。他苦笑着说："这些虫食鸟咬的水果，批发商看了根本不肯买，这全是为了竞争呀！我已经算是好的，听说有的果农还在园子里洒荷尔蒙、抗生素呢！我虽洒了农药，总是到安全期才卖出去。一般果农根本不管，价钱好的时候，昨天下午才洒的农药，今天早上就采收了。"

我为亲戚的话感慨不已，更为农民的良知感到忧心，他反倒笑了，说："我们果农流传一句话，说'台北人的胃卡勇'，他们从小吃农药、荷尔蒙长大，身上早就有抗体，不会怎么样的。"至于水果真正的滋味呢？台北人根本不知道原味是什么，早已无从分辨了。

亲戚从橱柜中拿出一条萝卜，又细又长，一副营养不良的样子，根须很长，大约有七八公分。他说："这是原来的萝卜，在菜场已经绝种。现在的萝卜有五倍大。我种地种了三十年，十几年前连做梦也想不到萝卜能长那么大。但是拿一条五倍大的萝卜熬排骨汤,滋味却没有这一条小小的来得浓!"

每次从亲戚山上的果园菜园回来,常使我陷入沉思。难道我们要永远吃这种又肥又痴、水分满溢又没有滋味的水果蔬菜吗?

我脑子里浮现了几件亲身体验的事:母亲在乡下养了几只鹅,有一天在市场买芹菜回来,把菜头和菜叶摘下丢给鹅吃。那些鹅竟在一夜之间死去,全身变黑,因为菜里残留了大量的农药。

有一次在民生公园,看到一群孩子围在一处议论纷纷。我上前去看,原来中间有一只不知道哪里跑出来的鸡。这些孩子大部分没看过活鸡,他们对鸡的印象来自课本,以及喂了大量荷尔蒙抗生素、从出生到送入市场只要四十天的肉鸡。

有一回和朋友谈到现在的孩子早熟,少年犯罪频繁。一个朋友斩钉截铁地说,是因为食物里加了许多不明来历的物质,从小吃了大量荷尔蒙的孩子怎能不早熟?怎能不性犯罪?这恐怕找不到证据,却不能说不是一条线索。

印象最深刻的是,二十年前,有人到我们家乡推销味素,在乡下叫做"鸡粉",那时的宣传口号是"清水变鸡汤",乡下人趋之若鹜,很快使味素成为家家必备的用品。不管是做什么菜,总是一大瓢味素洒在上面,把所有的东西都变成一种"清水鸡汤"。

我如今对味素敏感,吃到味素就要作呕。是因为味素没有发明以前,乡下人的"味素"是把黄豆捣碎,拌一点土制酱油,晒干以后在食物中加一点,其味甘香,并且不掩盖食物原来的味道。现在的味素是什么做的,我不甚了然,听说是纯度百分之九十九的麸酸钠,这是什么东西?吃了有无坏处?对我是个大的疑惑。唯一肯定的是,味素是"破坏食物原味的最大元素"。"味素"而破坏"味之素",这是现代社会最大的反讽。

我有一个朋友,一天睡眼矇眬中为读小学六年级的孩子做早餐,煮"甜蛋汤",放糖时错放了味素,朋友清醒以后,颇为给孩子放的五瓢味素操心不已。孩子放学回来,却竟未察觉蛋汤里放的不是糖,而是味素——失去对味素的知觉比吃错味素更令人操心。

过度的味素泛滥,一般家庭对味素的依赖,已经使我们的下一代失去了舌头。如果我们看到饭店厨房用大桶装的味素,就会知道连我们的大师傅也快没有舌头了。

除了味素，我们的食物有些什么呢？硼砂、色素、荷尔蒙、抗生素、肥料、农药、糖精、防腐剂、咖啡因……我们还有什么可以吃？又有什么原味的食物呢？加了这些，我们的蔬菜、水果、稻米、猪、鸡往往生产过剩而丢弃，因为长得太大太多太没有味道了。

身为一个现代人，我时常想起"吾不如老农，吾不如老圃"的话。不是我力不能任农事，而是我如果是老农，可以吃自种的米；是老圃，可以吃自种的蔬菜水果，至少能维持一点点舌头的尊严。

"舌头的尊严"是现代人最缺的一种尊严。连带的，我们也找不到耳朵的尊严（声之素），找不到眼睛的尊严（色之素），找不到鼻子的尊严（气之素）。嘈杂的声音、混乱的颜色、污浊的空气，使我们像电影"怪谈"里走在雪地的美女背影，一回头，整张脸是空白的，仅存的是一对眉毛。在清冷纯净的雪地上，最后的眉毛令我们深深打着寒颤。

没有了五官的尊严，又何以语人生？

一九八四年六月十二日

铜胃铁耳朵

胃 篇

淡水海岸边码头上,有一家卖"铁蛋"的小店。这小店虽是小本经营,因为风味殊异,时日一久,竟也名闻遐迩。随后在淡水镇上出现了十几家卖"铁蛋"的店家与小摊,码头边的一家因为假铁蛋的增多,只好打出"仅此一家,别无分号"和"淡水铁蛋的元祖"种种招牌。

所谓铁蛋,不是别物,正是卤蛋;但铁蛋又不同于一般卤蛋,它是一卤再卤,卤个十天半月,把一枚白嫩嫩的鸡蛋,硬是卤成拇指大的黝黑结实、坚硬如铁的蛋。这拇指大的一粒蛋究竟硬到什么程度呢？拿一把刀可以将它切成二十片，一片片地下酒。一般卤蛋切成八片早就碎了，铁蛋却可以不碎。

至于铁蛋的味道，类似宜兰出产的咸肝、鸭赏之流，不是拿来干吃的。

吃铁蛋的时候，我想的不是味道，倒是它的制作过程和吃到肚子里的结果。新鲜鸡蛋卤个十天半月，在锅里会起什么样的化学变化，我们不知道，至于放这样久的一枚蛋，在卫生方面是不是可靠呢？吃到肚子里会引起什么反应？对中国人来说也不重要，胃肠的问题留给胃肠自己去解决吧！

我担心的是"铁蛋"既以坚硬的特性做号召，是其质如铁，对这种铁似的卤蛋，究竟有什么样的胃来消化？血肉做的胃当然不行，得具备一个像老舍所说的"铜铸的胃"才行。

中国人的胃千锤百炼不必细表，光是"铁蛋"、"棺材板"、"鼎边趖"这些食物名称就够让人心惊。而且吃香、喝辣、逐臭、食腐，全是中国南北各方的名菜。

有一些是以百年老锅来做招牌的，像"啥锅""担子面肉臊"，新鲜的可不稀奇，要使用一百年，从来不洗的锅才会有那股子美味；中国人对这种"陈年老货"感情深笃，你看满街卖担子面的摊子，就没有一家把锅洗得清亮。即使是新开张的担子面摊，也故意把锅弄得又老又破，像是从古董店的柜子刚请出来的，否则挑剔的顾客光看到一个新锅，就要"食欲不振"了。

不洗的锅，中国人叫做"养锅"。锅乃是有生命之物，要像菩萨一样供养，不得随意清洗的。不洗的茶壶，叫"养壶"。我是嗜茶的人，但总不知养壶这一套，每日茶具全要刷洗。有一天朋友来看了我的茶壶大吃一惊，以为还是新买的。我说："用了十年了。"引来朋友一篇"养壶大道"，他的结论是："中国几千年来，数亿万人中，你大概是第一个不知道养壶的人。连壶都不知道养，谈什么喝茶？"

说完拂袖而去，留下我像犯了天条大罪。后来我买来一把民初的壶，茶垢满满，供养起来，会喝茶的人来就喝"养壶"。我自己喝用的还是新货，才总算保住了面子。我想，中国人如果不是有千年铜胃，怎么能承受这些"百年老锅""百年老壶"呢？

我家附近有一家烧饼油条店，有时绕过去看他们炸油条，一条白细的面团丢入锅里，经过翻腾则成为又饱满又香脆的油条。但也仅止于看，油条我是不吃的，原因不在"条"，而在"油"。

我住在那里将近五年，没有看过油条店里换新油。那油黑得像酱油，有短少了，店家加一些新油进去。有一次正好遇到他们添新油，我就问了："为什么不干脆换了新油呢？"

炸油条的笑起来说："小老弟，这你不懂，油条要用老油来炸，才会香脆，就是我们说的老油条。用新油炸的油条又软又韧，没有味道的。"

我说："可是新油卫生、新鲜呀！"

他的脸涨红起来："中国人吃老油条吃了几千年，没听说因为吃油条生病的。"

我只好赔笑。是的，中国人的铜胃不但承受百年的锅壶，甚至还能消化千年老油呢！油条店如此，偶尔去看看炸鸡腿、炸排骨的油锅，也会让人的胃像在油锅里翻滚。可千万别说那油里有问题，中国人的胃是特制的，吃了几千年没生过病哩！

家附近还有一摊卖臭豆腐的，招牌是"土法制造，最臭豆腐"。油里的乾坤不必细表，光是那味道就足以令人绕道而行。

我每次回家不敢从摊子面前过，总是走街的斜角，生怕一路过，嗅觉会突然失灵。我想，东西臭到这步田地，有人还能甘之如饴，中国人胃里的能耐可想而知。海畔固有逐臭之夫，但臭是不是也应有自由的规范，以不侵犯他人为宜？

中国人敬老，在食物上最能表现。陈皮的梅子、陈年的老酒，置放十年的酱油，传了几代的腐乳，都是老而弥坚。最老的莫过于胃，胃的能力真如故宫周朝的铜器，愈老愈有力，我最敬佩那种什么都能吃的人。有一回，在中华路老人茶馆，看两位七十岁的老人下围棋，一盘下来，每人吃了一斤瓜子、五壶茶，非天人不能至。

在酒席上，我看过十个人吃二十四道大菜，喝掉一百多瓶啤酒，还有未尽之势。这如果不是人人有一个铜胃，就是各自练了《天龙八部》里的六脉神功，否则这足以装满两布袋的菜，足以加满一部货柜车油箱的酒，到底化往何处？

可叹，我虽身不能至，而心向往之，假如有胃如铜，铁蛋也就无所惧了。

耳　篇

老舍在《赵子曰》这篇小说里,有一段写中国人的特殊身体构造,最为入木:

"所谓地道中国人者是:第一,要有个能容三壶龙井茶、十碟五香瓜子的胃;第二,要有一对铁做的耳膜。有了这两件,然后才能在卧椅上一躺,大锣正在耳底下当当地敲着'四起头',唢呐狼嗥鬼叫地吹着'急急风'。"

"有些洋人信口乱道,把一切污浊的气味叫作'中国味儿',管一切乱七八糟不干净的食品叫'中国杂碎'。其实这群洋人要细心检查检查中国人的身体构造,他们当时就得哑然失笑而钦佩中国人的身体构造是世界上最进化的,最完美的。因为中国人长着铁鼻子,天然的闻不见臭味;中国人长着铜胃,莫说干炸丸子、埋了一百二十多年的老松花蛋,就是肉片炒石头子也到胃里就化。同样,为叫洋人明白中国音乐与歌唱,最好把他们放在青云阁茶楼上;设若他们命不该绝,一时不致震死,他们至少也可以锻炼出一双铁耳朵来。他们有了铁耳朵之后,敢保他们不再说这大锣大鼓是野蛮音乐,而反恨他们以前的耳朵长得不对。"

老舍算是生得早的,只在戏台茶楼锻炼铁耳朵。如今的中国人的耳朵是在机械化里磨的,其坚强明亮简直胜过钢铁。

例如在台北火车站前面,就有一个标示噪音分贝的看板,它的安全分贝是七十,但是有缘早晚到火车站前看看,分贝指数通常是超过九十的;倘若有几个拔掉灭音器的飞车党路过,而我们有幸遇到,分贝指数就突破了三位数。有了分贝的标示,照理可以使我们心生警惕。但是不然,那个分贝表很少低于安全标准,只有在防空演习时,分贝才在安全的范围内。

这倒还是好的,我们不去火车站不就结了?我有一个朋友住在中华路铁道旁,每天几十班火车轰隆经过,火车过处,门窗作响,杯子在桌上跳舞,他却安之若素。出门旅行时反而对四周的寂静不习惯,无法入眠。他的铁耳早就百炼成钢、处变不惊了。

即使住在安静的所在,同样能锻炼耳朵。我住的地方就曾经有上下左右麻将同时开打的纪录,初开始的时候真是坐也不是、站也不是,向警局求告,他们也爱莫能助,原因是:"星期六打个麻将是人之常情嘛!"几年下来倒也好了,坐在四周麻将声中如入无人之境——这对铁耳是自然锻炼成的。

偶尔看看电影、看看电视，觉得声量总是过大，该是甜言蜜语喁喁唧唧的对话，往往形同吵架；看武侠的，全场吆喝打杀不绝还是好的，有那功夫高的大侠，转个拳头是呼呼作响，弹个指头则是声若雷鸣，几乎没有一点声音的空隙。这是青云阁茶楼听戏"那样"的"传统"，不足为怪，要演给有铁耳的民族看的戏，不如此，如何才能穿墙凿壁呢？

节庆时在庙前开演的戏，高挂的麦克风就不必说了。

日常生活也是非铁耳不足以自行，胆敢进入广东人的茶楼里，主客非得隔空喊话就不能沟通，这时铁耳朵还得准备一副闸子，随时开关——有位朋友开玩笑说：怪不得广东人通常削瘦，却长一副大耳朵，因为他们是在茶楼长大，茶楼固非平常之地也。

如果好不容易找到一个清静的咖啡厅，很快大家都来图个清静，马上也就嘈杂不堪。

如果好不容易知道一个风景区是安静的，很快就会吵到你看不到风景。

如果好不容易能睡个好觉了，半夜十二点就会鞭炮作响，因为正值某家神明诞辰。又好不容易睡到清晨，鞭炮又响，因为隔壁顶楼的人正在放鞭炮训练鸽子哩！

总之，在台北，你很难找到一个不靠近寺庙、学校的住处，寺庙做法会、学校广播，都会令人疑心身在战场。我住的地方前有寺庙，右有市场，左有学校，中间还有警局和消防队，警车、消防车、巡逻车、救护车无日无之的鸣笛与学校日夜的敲钟相互辉映；寺庙的诵经与市场的吆喝一色齐飞。如果不是多年训练的一双铁耳，真是无以承受。

有一回在敦化南路的林园大道听到蝉声，真是心中一震。可是一跨过马路，耳朵伸得再长，蝉声已不可辨，乃被车声隔阻，心中更是一懔。蝉声虽吵，但万蝉争鸣，还抵不过一车路过。

人生也莫不如此。登机作客而已，刚上飞机时轰然作响，但起飞不久则听不到飞机的声音，等到下了飞机，什么都听不见，耳中还是飞机声。台北人都是常坐在飞机上的。

中国人的耳朵真是千锤百炼，下次遇到朋友，不妨弹弹他的耳朵，不铛然作响者几希！

一九八四年九月二十六日

蝴蝶的传说

最近有两则关于蝴蝶的事件,令人一则以喜,一则以忧。

喜的是,在兰屿岛上原本有一种名为"珠光黄裳凤蝶"的蝴蝶,它生长的地方仅限于兰屿原始森林的边缘,范围不过是五六平方公里,数量非常有限。由于前几年台湾蝴蝶手工艺兴盛,许多人都跑到兰屿这个狭小地域捕捉这种被称为"台湾最大最美的蝴蝶",听说一只的价钱可以卖到八十元。

捕蝶者为了厚利,不仅捕捉成蝶,甚至连它的蛹和幼虫都不放过。滥捕滥捉的结果,使得原本数量有限的"珠光黄裳凤蝶"濒临绝种,差不多要永远在世界上消失。侥幸的是,岛上蝴蝶加工业没落,捕捉蝴蝶已无利可图,才使这种蝴蝶从灭绝的深谷复活，令人大大舒一口气，为那些无辜的蝴蝶感到庆幸。至少它没有步上台湾黑熊、野生梅花鹿、石虎的后尘，我们的子孙还有机会看到它美丽的飞翔姿势。

这是一连串自然生态野生动物的杀灭与破坏声中，唯一的喜讯。可惜的是我们并不是因为珠光黄裳凤蝶的珍贵而保护它，反而是由于它卖不到价钱而被捕蝶者放了一条小小的生路；哪一天蝴蝶加工业复苏时，也正是珠光黄裳凤蝶真正死亡的时机，这样想起来，在喜讯中不免也有一些忧思。

另外，令人担忧的消息是，高雄县美浓镇闻名遐迩的"黄蝶翠谷"，被该县划为将来兴建水库的"水库淹没区"，洪水一来，蝴蝶自然尸骸无存。美浓水库的兴建据说已经势在必行，它是为了解决万千高屏地区民众日渐严重的水荒问题。不巧高雄县仿佛没有比这个地方更适合兴建大型水库的地方，那么"黄蝶翠谷"日后必是黄水漫漫，既没有翠谷可见，黄蝶自然无地栖身了。

我对"黄蝶翠谷"有一分特别的情感，因此知道这个消息时，让我忧心不已。我幼年居住的地方，离美浓的黄蝶翠谷只有十分钟的车程，有时步行前往，一个多小时也就到达了。读小学的时候，学校远足经常选择"黄蝶翠谷"(当时没有这样好听的名字,我们叫它"万蝶谷"),尤其在春天的时候去,走进谷里,沿着河溪两岸的卵石上,栖息着无以数计的蝴蝶。人声一走近,那原本浮在石上像落叶铺满的小黄蝶,会哗然飞起,几乎遮蔽了整个天空。

天空里满满飞舞着黄色片片的蝴蝶,我们坐在阴影中抬头看,确能感受到大地与生命的绚丽,我一直在记忆里保留了这美丽的一幕。有人说蝴蝶是花的精魂,是花的前世回来会见今生,我相信着这种说法。蝴蝶的生命虽然短促,但短得有丰姿,短得辉煌,让我们知道有时候短暂的美丽也是好的,因为它活着,活的一天不是胜过死去的一世吗?

在蝴蝶数量最多的时候,我们可以在黄蝶翠谷同时看到蝴蝶如何产卵、如何孵化成虫、如何结蛹、如何破蛹而出、如何飞上天空,甚至如何死亡化为一朵飘零的黄花……这种种生命生长变化的过程虽然微小,却充满人生的大启示。任何一位敏感的小孩,仔细观察审思了这个过程,都会在心灵上有新的视角,看到生命衍化时最巧妙的一瞬。如此,蝴蝶虽小若黄叶,虽短暂若蜉蝣,在它斑斓的双翼里,则有了生命兴衰再生的浩浩大道,可以在短短的瞬间使我们的心灵为之成长。

我每次到了黄蝶翠谷,在心灵的最深处都得到不同的启示。今年我又去了一次,看到日渐增加的游客在谷中追逐蝴蝶,感觉到那里的蝴蝶已不再如同幼年时代那样美丽、那样多姿、那样潇洒而有生气,但到底还是有蝴蝶,数量还是惊人的。可惜,这些美丽的蝴蝶、美好的记忆都将随着水库的兴建而淹没沉埋了。

当然,蝴蝶似乎没有饮水重要,失去一谷蝴蝶也仅仅是一种忧伤,并不会真正伤害人的生命。在大人物的眼中,一谷蝴蝶也许不如一杯水,但从反面看,有时一只蝴蝶给人的感动甚至胜过一潭大水。

我并不是反对兴建水库,因为它可以造福我们的乡梓,问题是,对那些满天满地的蝴蝶将要消失,我们是不是有方法加以拯救呢?在水之湄,在青翠的河溪谷地,如果没有蝴蝶凌空的影子,我们会失去什么呢?

我有一个孩子,他对于书里面的蝴蝶再熟悉不过,可是却没有真正见过一只蝴蝶,因为即使在春天,台北也找不到蝴蝶的影子。我常为此烦恼，生怕我的孩子再也看不到万蝶哗然升起的一幕了。

总有那么一天，蝴蝶会像一片彩色的贴纸，静静贴在我们记忆的某一处。它不再飞舞了，它只说明了一种美丽失去之后的忧伤，那种忧伤是不可能弥补的，除非我们再创一个"黄蝶翠谷"，否则若干年后，它将成为一种传说。

传说可以这样记载："在南方的某一个谷地，曾经生存着遍地的美丽动物，它会飞，但不是鸟，是昆虫的一种。有人说这种昆虫色彩如孔雀，但比孔雀更宜于做生命的联想。这片谷地，最后被人类的大水淹没，叫做蝴蝶的这种美丽昆虫，永远在那个谷地消失了。"

一九八四年六月九日

我行我"素"

在台北天母往阳明山的山路上,以及新店往宜兰的山路上,马路边都有摆摊的小贩,几处转角较大的空地,小贩云集,俨然是农人的市场。

这些小贩出售的东西其实十分平常,货品的摆放也很简单,他们把一张张的牛皮纸或塑胶布摊开,上面就放着高丽菜、小黄瓜、红凤菜、番薯叶、竹笋、丝瓜、萝卜等蔬菜,还有一些卖龙眼、荔枝、梨子、莲雾、芒果等水果;以及少数卖盆景和蜂蜜的,盆景是山上挖掘来的太阳花、鸡冠花、蕨类之属,蜂蜜则通常是自养自产的。

这些农人市集里出售的蔬果通常体形袖珍,比不上我们日常吃的蔬果巨大，表面也不是很美，往往有虫咬鸟吃的痕迹。它的价钱呢？也不能算便宜，和市场里的蔬果几乎等价。

按理，这些不太上相的蔬果，价钱与市场相当，又在山野小径出售，生意不可能好。奇怪的是，每天都有不少人开车十数公里到这些地方来买菜、买水果，每到星期假日还人潮汹涌、车队大排长龙，其热闹不比百货公司逊色。

在新店坪林附近，有一些茶农家里，每到星期假日，总是来客盈门，他们也是跑十几公里到这里来买菜、喝茶。有的茶农兼营副业，种几亩蔬菜、养一些鸡鸭，除了售茶，也卖自家生产的蔬菜和鸡鸭。

在台北往淡水的路上，有几间养鸡的农舍，生意也很好，远从台北来买鸡的人不少。这里的鸡个子又小，价钱也比市场里贵，却永远不少顾客。原因很简单，因为这里的鸡是野生放养，不是一般养鸡场里的大量生产、四十天出场的肉鸡。

我经常有机会到郊外去，到了这些地方，心里不免疑惑。我们所居的环境里，物产是不缺的，购买日常食物也十分方便，为什么有许多人不肯在家附近的市场买蔬果鸡鸭，而要跑到人迹罕至的山上去买呢？说穿了理由很简单，是因为山上的农人强调他们所种的蔬果、所养的鸡鸭，全是自然吸收天地之间灵气而生长的，没有施用人工发明的农药、肥料、荷尔蒙、抗生素不明物质，对人是绝对无害的。

而且住在都市里的人，有一部分已逐渐失去了对市场的信心，认为里面出售的东西，很少有绝对安全的，因为那些食物长得太好、太美、太不真实了。在今天谈食物添加物而变色的社会，蔬菜水果虽不至于出售时添加什么不明物质，但它生产的过程是否施用过度的农药、肥料？这些农药、肥料又是否在安全的期限里？则是启人疑窦的。

我们不能说市场里卖的食物都对人有害，但是我们也不能保证市场里的食物于人无害。最安全的方法就是不去食用它，宁可到山上去找食物——这是一个令人担忧的现象，为什么我们不能保证我们所吃的东西都是对人体有益的呢？

台糖近两年开始研究无农药蔬菜，并在台北延吉市场出售。可惜它的产量有限、蔬菜种类少，加上价钱奇贵无比，又仅在一个市场试销，对大部分民众无甚帮助。台糖是政府的，既然政府也知道无害的、可以生吃的蔬菜是如此需要，为什么竟不能全面推广呢？为何竟不能使我们免于农药的恐惧呢？

如果说菜农非用农药、肥料就会因减产而生活有问题，也说不过去。我在阳明山遇到的菜农，他有一栋很高级的别墅，光是摆摊卖蔬菜就收入不菲。我在新店附近遇到的菜农，自己有一栋现代别墅，还有一个极大的花园苗圃，摆摊卖天然蔬菜也是他收入的主要来源——他们也都有车，每天从菜圃开车到路边摆摊卖菜，足见天然蔬菜的利润仍然大有可为。

愈来愈多的人提倡吃素，不是因为宗教的理由，而是为了健康。但是我们仔细检讨起来，连吃素对健康都不是绝对的安全，那么是不是我们有一部分农人也能警觉到这种情况，把自己种植的蔬果维持在安全的标准呢？所谓安全标准很简单，是维持作物与动物的本色，让它们在天地间自然生长，不仅对人的健康有益，在经济效益上说不定也能在凋萎的农作中另辟新的蹊径。

我认识一位吃素五十年的人，他完全过自己的生活，吃自己的素，可以说是我行我素的人。然而他愈来愈忧心连"我行我素"的日子都难以维系，乃是连素都已成为一个危机。

其实，现代社会是一个巨型的齿轮结构，除非到山林归隐，自耕自食，否则难免与别人发生关联，而食物链的观念也日益明晰。我所不解的是：为什么不能从我行我素往周边延伸，大家来过一个健康自然的生活呢？空气、水源、环境的污染是不可避免的，但清洁的食物则还有控制与改变的转机。如果大家有决心过吃健康食物的生活，则爱惜健康的人也就不必千里迢迢到山上去找吃的东西了。

一九八四年八月十一日

耳朵的尊严

一日,偶遇大雨,在信义路拦了一辆计程车。

这是一辆十分特别的计程车,装饰十分豪华,玻璃还用粉红色的窗帘遮住,而在车前车后都装着随音响胡乱流动的彩色灯泡,坐进去俨然置身于舞池之中。

最奇妙的是,小小的车里竟装了四个音箱,前后各二,流出来的音量使窗外狂骤的雨势黯然失声,足以溺死一只老猫。计程车司机正在播放"优美的旋律",是把正在流行的歌曲抽去歌词只剩下音乐的那种。我觉得可怕的是,旋律全由电子琴演奏,一种甜腻油滑的粗糙无文的声音。

我生平最难以消受的乐器正好是电子琴,总觉得那种发自电子的声音可以把一个人耳朵的保险丝烧断，只要听到电子琴就情不自禁地汗毛直竖。但为了尊重大众文化，加以路程不远，没有立即提出抗议，只是沉默不语。

司机见我不语，以为我正沉醉于那美妙的音乐，得意地说："怎么样，我的音响不错吧！"我说："音响是很不错。"那年轻的司机仿佛受到无比鼓舞，马上将音响开大了三分之一，声如雷鸣，而前后的灯泡受到声音的震撼，犹若闪电。

我终于抵受不住，谦卑地说："请您把音响关掉好吗？我想清静一下。"司机不但没关掉音响，反过来说："我开计程车很少遇见像你这样不懂音乐的客人，你知道吗？人生是很单调的，需要美妙的音乐来调剂，听音乐不是一天两天的事，要养成习惯才好，如果一个人不知道音乐的好处，活着就很无味了……"接着他像决了堤的河口，滔滔不绝地讲述他对音乐与人生的看法。大概长时间开车常使人失去自我控制的能力。

为了怕刺激这个有音乐细胞的司机，我尽量压低声音说："对不起，我没有听音乐的习惯，觉得太刺耳，能不能请您把它关掉？"没想到司机先生还是生气了，只见他车头一偏停在路边，把后车门打开，生气地说："你下车吧！这车子是我的，我爱听什么音乐就听什么音乐，不收你的钱了，你下车吧！我不载不听音乐的乘客……"我只好冒着大雨下车，听到车门砰然一声，车子绝尘而去。

我傻傻站在雨中，看着远去的计程车，直到很远的地方，还看到他车后五彩的灯泡在急速地跳动旋转。幸好那时离我要去的地方已经不远，我撑着伞，孤独地在雨里步行。经过了刚刚的一场"浩劫"，我觉得黑夜的雨声格外清冽好听，但我不免为现代人耳朵所承受的重负深深忧心起来。我的经验应该不只是个案，我们常常在计程车上被强迫听我们不能消受的"音乐"；有时坐公车，遇到那些"偏好音乐"的公车司机，也是把他自己的音乐放到最大，希望所有的乘客都能和他分享；有时走在人行道上，远处来的汽车边疾驶边按连声喇叭，然后在眼前急速驰过。我们既不能拒绝，也无法抗议，只好自认倒霉。

我住的地方附近有一座寺庙，每到初一十五都有不小的法会，终日经声不断，遇到盛大一点的日子则演野台戏和露天电影，锣鼓喧天，声闻十里。这还是好的，因为它总有休息的日子。寺庙附近是一所私立高中,天天早晨黄昏都是穿过扩音喇叭的雄壮进行曲,常常还有军训课,教官在操场上操兵练胆,杀声不断。最怕是听到学生的合唱,五音不全荒腔走板自不在话下,偏偏声音都是从扩音器里出来。那个学校操场很小,我估量过,大约只有三个篮球场大,可是他们的声音足以给三百个篮球场听还有余。我曾到学校交涉,但学校爱莫能助,因为"考期将近,大声音可以振奋学生的士气。"

学校附近有一座大楼,楼中的某一间公寓几个月前开了一家歌唱训练班,每日十几个小时,总有几十个不同的男女生在那里引吭练歌,俗滥的歌声、残破的伴唱机永远在四周回荡不已。从他们的歌声里听得出焦急悲切的明星美梦,有时练唱到深夜,明星梦未圆,而人的清梦则完全被破灭了。我总是不明白,为什么他们能把公寓当成荒郊?好的歌声何用这么大的音量呢?

每次路过台北车站的噪音指示器,心里总是一阵发慌,因为指示器上的安全标准是七十分贝,但那个指示器上的分贝数,永远不少于九十分贝,有时甚至超过一百,可是匆匆的行人都视若无睹。我们已经在声音的无情压迫下,完全使听觉麻木了,偶有敏感的人，也被迫放弃了耳朵的尊严。

昔日孟母三迁，是怕孟子习恶。但今日的孟母已经无地可迁了，因为大部分的住屋不是靠近寺庙，就靠近学校；不是紧邻市场，就是密接工厂；有幸找到一处清静的处所，也是没有几天就被各种声音侵害了。

连上了坐计程车都不得安静，就让人益发觉得生在现代，耳朵是不幸的。耳朵可以拒绝电视和广播，耳朵可以拒绝不良的偶然侵袭，但耳朵却不能拒绝整个地装在音箱里的社会。

"随身听"这几年在台北像狂风卷起，我想，多少与我们耳朵的失落有深重的关系吧！

一九八四年七月十四日

阿拉伯衣的联想

两年前,往埃及的路上,飞机停在阿拉伯吉达过境。

一个全副武装的军人荷枪走来,看了我们的护照,指着候机室一角,叫我们在那里等候,最好不要到处乱走。

距离我们的飞机起飞还有五小时的时间,我想,谁有耐心在候机室等这么久呢?一动念,遂到处走走看看,这时才猛然发现,阿拉伯或者整个回教地区,是全世界最费布的地方,因为他们每人身上披的布,几乎多到可以做三件洋装。

男士们固是穿了袍子、包了头,但到底好像只穿了一层。那些女士们则衣袍一层又一层,蒙了脸,还包了头布,全身看得见的只有一对眼睛。经过这么复杂刻意的包裹,在阿拉伯,人们可能很难知道一个女人的身材和年龄,也由于打扮呆滞,反而衬出每个女人眼珠的灵动,光是看了那对眼珠就觉得风情万种。

尤其是在候机室中,一排排女人坐着,要不是有那对眼睛,会以为是一团团的衣服塞在椅子上。

咔嚓!

我忍不住按下相机的快门。

大约过了三分钟,我眼前那一堆衣服中的一团突然带来了一队全副武装的兵,不由分说,就把相机中的底片抽出,然后警告我们不可拍照。在阿拉伯,什么皇宫、机场、海港,甚至空中的飞机、海上的轮船都是管制的范围,胡乱拍照是可以就地枪决的,听得我吓出一身冷汗。

这且不表,飞机终于来了,夹在阿拉伯男女中鱼贯上机,上机前人人表情严肃、沉默不语。等到飞机一起飞,离开了阿拉伯的上空,差不多在同一个时刻,我看到飞机上的女人都解下了面纱,也才发现,原来裹在密密的袍子里的女人,脸色都是几近于苍白的。这种苍白颇令人同情,说明了阿拉伯地区的女人可能一辈子裹脸,接触不到几次阳光。

阿拉伯衣的联想

有一位阿拉伯的朋友后来告诉我们，阿拉伯的女人甚至在家都戴面纱。现在游泳的风气稍微开放，有些女人跳下泳池还包着脸巾。因此在阿拉伯生得美丽也没有什么用处，因为看不见，当然也用不着化妆了。最讽刺的是，阿拉伯是免税的地方，女人的洋装和化妆品都非常便宜，价格大概只有台湾的五分之一。

由于女人衣服包得甚紧，阿拉伯男人多少有一些性变态。外国女性到阿拉伯穿热裤在街上走，往往不仅热裤失踪，人也失踪了。外国男性在街上穿短裤走，也会有男人过来毛手毛脚，原因是他们从来没有在街上看到小腿，更不要说是大腿了。

所以一般外国人到阿拉伯，都会同意这样的话："阿拉伯的女人是前世受到天谴，这辈子才投胎到阿拉伯的。"

但也不要误以为阿拉伯女人便宜，听说在阿拉伯，开车撞死一个男人好赔偿，因为一次可以付清。要是撞死一个女人可就惨了，因为一来要先赔偿她被娶来的代价；接着是她可能将来会生三个孩子，要连孩子的钱一起赔；如果她已经有了孩子，则要付钱到那些孩子长大（付不出钱则关到孩子成年）。这些钱付下来往往令一个人倾家荡产，或者在监狱度过终生。

最离奇的是，在这些繁复的赔偿里，要赔偿这女人过去所穿用的衣服钱给她的丈夫或父母，合起来的数目叫人咋舌。

我的朋友说："不要小看衣服，阿拉伯女人虽然穿着没什么变化，可是很费布。一个阿拉伯女人从小到老，她穿过的白布铺开来可能包住整个地球。

"一个女人一生花费最多的，不是吃饭，不是坐车，不是买房子，而是穿衣服。你想想，现在随便在台北的店里买一件衣服，都可以办一桌酒席哩！"

诚然！

假如女人不买衣服，它唯一的好处可能会使家庭经济成长，但它的坏处可能会使世界经济崩溃，尤其像巴黎、米兰、伦敦、纽约、东京这些流行的中心，女人如果不买衣服，都市可能会完全停止运转，夜里的灯火也为之熄灭。

台北也差不多是如此，都市就像百货公司，倘若有七层楼，其中有四层是用来摆衣服，为着衣服而忙碌的。我们想想，假如一个百货公司关闭了卖衣服的场地，其实就与地摊无异了。

好买衣服是女人的天性，像阿拉伯女人在衣服上虽被压制得厉害，衣服销路却一直都不错。因为有钱的阿拉伯女人买了以后在卧室里穿，即使那些毫无花式的袍子也卖得好。她们即使穿相同的衣服，也要时常更新。

全世界的女人都不同，但全世界的女人每天面对的一个烦恼是相同的：今天要穿什么衣服？什么鞋子？而这个烦恼也是全世界的男人所共有的烦恼：她今天又去逛街了！

穿衣服可以反映一地的文化与气质，像阿拉伯这种地方，光是看他们的女人就知道该地不会太有情趣，该地的女人也不会太有希望。其实阿拉伯女人的衣服与他们的土地相同：乏味、单调、没有生气。

但假如你站在别的地方呢？

我有几次特别为女人的衣服深受感动，像下午下班时间站在纽约第五街及洛克菲勒广场，看那些金发碧眼的上班族从大楼中如河流一样涌出，人人衣洁光鲜，美不胜收。

像晚上的巴黎香榭丽舍大道，擦身而过的美女，无一不是争奇斗艳，全像服装杂志中的模特儿，迎面而来时飘飘若仙，擦身而过时香风阵阵，令人沉醉。

像黄昏时佛罗伦萨一流的服装店总夹在路边咖啡座附近，坐在咖啡座上，看到出炉的时装，想到这些服装在几周内将它的风潮遍及全世界。意大利美女较健康写实，但也十分令人感动。

像东京银座的假日，满街满巷的东方少女，穿着前卫的或完全古典的服装，把一个都市完全塞满……

美的少女给人的感动常胜过名画中的美女，因为她是活生生的。

美的服装给人的感动也不下于一幅好风景，因为它有了文化与生活。

不管在什么地方，自由都是最重要的，一个女人没有自由的地方，就是服装乏味的地方。

反过来说，若果一个地方女人的服装好看，那里一定有自由。有了自由，就有艺术，就有文化，就有精致的女人和高级的男人。

一九八五年四月二十八日

巴黎乞丐

在巴黎的路边咖啡座喝咖啡，突然走来一位衣冠整洁的男士，脱下他的帽子放在我们桌上。

我正在纳闷的时候，陪我们的朋友说，那是巴黎的乞丐要向我们乞讨。我抬头看他，他一言不发只是微笑。我把五元法郎放在他的帽里，他行礼如仪，道谢而去。

"没看过这样绅士的乞丐，穿得这样整齐，怎么能引起别人的同情呢？"我问朋友。

"巴黎的乞丐不是要博取同情的。在他们来讲，伸手要钱是一种工作，不是要你可怜他。"朋友说。

原来，巴黎因为失业问题严重，有许多找不到工作的人，其中有一部分就当了乞丐。当乞丐是政府允许的，并不是什么奇怪的事。在巴黎不是随便人都可以当乞丐，它的条件是：一要为法国居民；二是过去有工作，目前正在找新工作。

想当乞丐的人要向政府申领执照，等拿到执照才可以当街行乞。法国的社会福利办得不错，领有执照的乞丐由政府补贴吃住，至于零花钱就要靠自己乞讨，能要到多少钱完全是靠自己的本事。巴黎乞丐的"形象"很不错，不像别地方的乞丐恶形恶状，占据街头。他们活动的地点常是咖啡座，遇到外地观光客要点喝咖啡找来的零头，遇到本地人有时会要你请喝一杯咖啡。

但是，据说政府有一规定，就是凡领取执照的乞丐，口袋里必须至少准备十法郎（约合五十元台币）。否则一经查获，警察可以逮捕，吊销执照，依照"无业游民"处理。无业游民只能依赖社会救济金过活，远远比不上乞丐生活多彩多姿。

可见，"乞丐"在法国人的心目中还比"无业游民"高一等，它至少是一件工作，而且是相当不容易的。想想要曾经有工作的人去当乞丐，十个里有八个宁可做"无业游民"，更不要说去申请执照了。

巴黎乞丐

有一次和画家丁雄泉聊天,他说在巴黎当乞丐很有意思,有吃有喝,还能交朋友。他在欧洲时找到旅居意大利的画家霍刚,向霍刚说:"我们出去当一天乞丐吧!如果要到的钱多,就去吃大餐,要到的钱少,就去吃小吃。"结果,霍刚说什么也不干。丁雄泉的结论是:"这只是观念问题,假如把乞讨也当成工作,它和画画有什么不同呢?"

丁雄泉在巴黎时就当过乞的,现在是闻名国际的画家,谁也想不到。

巴黎还有一种乞丐不需要执照,就是那些有本事的街头卖艺人。他们找到一个街边,拉琴演奏,琴盒就放在旁边。观众若觉得他们弹得不错、唱得不错,就丢下几块钱鼓励鼓励,使得巴黎街头笙歌不断,入夜后更是热闹。这些卖艺人,画画的以蒙马特山区为中心,弹唱表演的以篷皮杜广场为据点。他们的行为和台湾路边庙前拉胡琴、弹月琴的乞者没什么不同,差别只是他们大部分是年轻俊美的青年,显得对自己的艺术有自信。当然他们宁可当自己是艺术家,不是乞丐。

千万不要小看这些乞丐,他们有许多是大学艺术系的高材生，就在这样的街头，大画家劳特里克、毕加索都曾卖过艺咧！

卖艺人也受限制，就是不能妨碍交通、影响观瞻。例如车站地下铁就不可以卖唱，而穿着过分破旧也不行，会遭到警察的取缔。

这些卖艺人来自世界各地，我就在蒙马特山区遇到一位师大艺术系的毕业生，是我在台湾就认识的，但他对我说："回台北以后不要对人说起我在这里画画。"原因很简单，他在巴黎很自在，却不希望让台北的亲友知道。这也是观念问题。

从露天咖啡座回旅店的路上我想着这些，却在路边看到一个人抱着树喃喃自语，慢慢沿树干滑落，成为一堆烂泥。我看他背影熟悉，趋前去看，才发现是刚刚向我要了五法郎的乞丐。

这时我知道，巴黎的乞丐虽好，也总有不能排遣的情结吧！

一九八四年六月二十七日

醉的最低境界

我喝酒出过的糗事不少,但最受窘的一次是在法国旅行的时候。有一天我们好不容易在香榭丽舍大道附近找到一家高级饭馆,进去以后才想起不知如何叫晚餐。幸得有旅法中国朋友作陪,叫菜才勉强过关。

叫完菜后,侍者站立一旁不走。问以何事,他指指桌上的一张酒单。我拿起来一看,全是法国的酒名,右边则标着年份,从一九四二年到一九七几年,品目详尽。我立时傻眼,把酒单递给朋友。偏偏我的朋友是穷留学生,从未进过这样大的餐馆,也不知如何是好,只好讪讪一笑,对侍者说:来杯啤酒吧!

"啤酒?"侍者不相信地问。

我们点点头。

"啤酒!"只见他摇头叹息而去。

然后我就看到几个法国侍者躲在一边比手画脚、哧哧而笑。虽不知他们说些什么,也感到八成是笑我们没有文化。那一餐晚饭非常丰盛,有鹅肝、蛙腿等佳肴,但食之不知其味,心中苦痛难言。想不到大国文化的孩子到了花都,竟连酒都不知如何叫起。

自称"酒国"的法国人喝酒是慢品的,可以尝出酒中细微的差别,如果像我们这样牛饮,五十度和五度有何不同?法国酒里没有需要温热的,我们喝花雕、绍兴、加饭,或日本人喝清酒要温热才好下口,因这些酒有酸涩之气,热后才香。问题是中国人永远没有研究过这些酒温到多少温度是最好的境界,我们到馆子里叫温酒,有的温二十五度,有的温到近百度,真是令人气绝。

日本人家家有温酒器,把清酒温度控制在五十度到六十度之间。我做过试验,我们的绍兴之属似乎也以这个温度最上。

讲到绍兴酒,有一年我在纽约旅行,几个朋友陈宪中、姚庆章、秦松、谢里法、司徒强、卓有瑞等人为我接风。他们说在美国早就久闻我酒胆酒量双绝,于是在唐人街的翠园餐厅摆下鸿门宴。众人喝了一瓶大曲酒,我只喝两小杯;再开了一坛绍兴加饭,我喝了数小杯;最后再叫来一大罐一公升装的加州葡萄酒,我只干了一杯即已不省人事。睡了一夜醒来,不明白为什么酒力不胜如此,只喝了平常的十分之一就醉倒,百思不得其解。

后来陈宪中在新泽西家中请客,有郑愁予、刘大任、张北海、秦松、姚庆章、杨炽宏等人。先喝了一点啤酒,再喝加饭;最后喝大曲,饮量超过我上回醉倒的五倍有余,仍然有若无事。夜宿愁予康乃狄格家中,聊天到深夜四时,精神奕奕,了无倦意。

第二天,愁予约来蒋健飞夫妇、郑清茂夫妇,再度开怀畅饮。先后喝了大曲、加饭,喝没有几杯,醉意已浓。坐在从康乃狄格回纽约的火车上,查票员来,我连拿车票都没有力气了。

这几次喝酒,使我研究出一些心得来,就是喝酒最好不要喝混酒,因为会起化学作用,再好的酒量都是要醉的。万不得已要喝混酒,必须记住一个经验原则,就是从酒精浓度淡的酒往浓的喝,也就是往上喝,而不往下喝。举例来说,啤酒酒精度是百分之三点五,绍兴是百分之十六,大曲、威士忌都在百分之四十以上,那么我们喝的顺序应该是:啤酒、绍兴、大曲。这样一来不易酒醉，二来也觉得渐入佳境。

道理其实是简单的，许多登山者不死于攀登途中，而死于回程下坡路上——我们的肠胃亦应做如是观。

酒对于酒徒有什么吸引力？似乎不易描述。酒徒对酒的敏感有时是像动物的，就像鲑鱼可以凭嗅觉辨路归家，雄蝶能在数哩外闻到雌蝶身上的香气；或者海豚在数百里外能听到同伴的呼声。嗜酒的人对酒没有抵抗力，如同好色者不易抵挡诱惑，他们在胸中另有一只手，那只手时常从喉管伸出来。

酒徒是世界性的一种品种。在日本东京街头，每日夜里十点以后，商店全部打烊，街上并不冷清，走路唱着歌的，摇来倒去的，都是酒徒。他们通常西装俨然，领带扯到领口，却当街呕吐、撒尿，丑态百出。日本的酒徒可能占世界的第一位，因为他们当街撒尿大家都司空见惯了。我有一回在银座六丁目看到十个穿黑色西装的阿本仔[①]，站成一排当街小便，口里还唱着军歌，真是奇事。

---

① 闽南话，指日本人。

巴黎的蒙马特街头也是日日都有酒徒,他们时常跑到路边咖啡店讨酒喝,与阻街女郎形成强烈的趣味,听说这里面就有一些外国来的艺术家呢!艺术成就不易,但在法国成为醉汉却不难。

纽约、三藩市的市区,夜里到处横卧醉汉。听说政府不准公开在街头饮酒,因此往往是几尊大汉,人手一个纸袋,不时举起纸袋大饮一口,人人面目漠然,一脸怨愤。尤其在黑人醉汉蹲坐的地方,看了让人心中发麻。我有一位朋友旅居美国多年,到如今一看到黑人醉汉还为之脚软。

大致说起来,台北的酒徒还算好的,较少在街头出没,也很少人拎一瓶酒边走边喝的。我想,如果饮酒只为求一醉是十分值得同情的,喝酒的乐趣在于心情或者过程,醉的本身不应是目的。醉的最高境界,应是好友有好酒一坛,珍藏多年,义不独饮,在风雨楼头摆盏相邀,畅论风尘旧事,月旦当代人物,这时可以不惜一醉。

"醉的最低境界呢?"有人问我。

"醉的最低境界,是喝醉了以后把别人的太太当成自己的老婆;其次是因醉而破坏了朋友的恩义;至于喝酒唱歌哭泣那是正常现象,不必深究。"

我向来认为,酒品差的人没有喝酒的权利。至于酒品好坏,人间自有品评。酒品之所以重要,是酒和朋友不可或离,而朋友比酒还重要,就像我读金庸小说,恨不得与那乔峰做朋友,痛饮一天一夜。

在这纷扰的世界,如果我们有几位知己好友而找不到好酒喝,是一件遗憾的事。假若我们徒有好酒,却找不到可以共饮的朋友,更是人间极大的悲哀!

朋友顾重光是台北有名的酒徒,他的名言是:"冷酒伤肝,热酒伤肺,不喝酒伤心,心才是最重要的。"但若没有朋友共饮,自饮闷酒,恐怕是心肝、脾肺、肠胃全要伤了吧!

一九八五年二月二十二日

食家笔记

长板条上

所有的日本料理店,靠近师傅料理台一定有一个用木板钉成的长板条。这板条旁边的椅子一般人不肯去坐,原因无它,只因不够气派。在台湾,日本料理店生意最好的是在房间内,其次是桌子,最后才是围着师傅的板条。在日本则是反其道而行,最好的是板条边。

吃日本料理,当然不得不相信日本人的方式。这个长板条之所以受人喜欢,是日本人去喝酒时大部分是小酌,而不是大宴,一个人坐在长板条边是最自在的。

如果你要吃好东西，也只有在长板条上。因为坐在长板条边，马上就靠近师傅，日久熟识互相询问家常。师傅一边谈话，一边总会从他身边抓一些东西请你，像毛豆、黄瓜、酱萝卜、生芹菜包芝麻之属，有时候甚至挖一勺刚做好的鱼子给你，或者把切剩最好的一条鱼肚子推到面前。

坐长板条的客人通常不是寻常客人，都是嗜好生鱼的，那么师傅会告诉你，今天什么鱼好、什么鱼坏，并非他故意去买坏鱼，是鱼市场的鱼货当日有些不甚高明，然后会说："今天有一种好鱼，我切给您试试。"等你吃完满意了，他才切上算账的来。而你不要小看那一片试试的鱼片，料理店的一片好鱼，通常吃一口要一百元的。

长板条是最能学吃日本料理的地方，因为所有的东西都摆在面前，有许多选择的机会。如果坐在房间里，吃一辈子日本料理，可能许多见都没有见过。

长板条上也是最有人情味的地方，只要坐在长板条边，总不会吃得太坏。中国人说"见面三分情"，大师傅就在面前，总不好意思弄一些差的东西给你。而且师傅无形中聊起日本料理的情形种种，自然就是在传法给客人了。最最重要的是，如果是熟客人，价钱总会算得便宜一些，因为在日本料理店中，每张桌子都由服务生开单，唯有在长板条上是"自由心证"，全权由师傅掌握，熟人好说话，一定比房间里便宜很多。

在日本一些专卖生鱼和寿司的店，有时没有桌子，只有板条四桌围绕，师傅们则站在里面服务。一个师傅平常只照顾五张椅子，有那相熟的客人往往不仅认店，还要认师傅。这时不仅手艺比高下，连亲切都要一比。因而店中气氛融洽，比其他日本料理店要吵闹得多。

由于日本人生鱼生虾吃得厉害，所以卫生新鲜要格外讲究。听说要是在日本吃料理中了毒，可以向店里控告，赔偿起来大大的不得了。而坐在长板条上不但可以控告店里，连认得的师傅都可以告进官里去。因此师傅们无不戒慎恐惧，害怕丢了饭碗，消费者得以安心大啖其生猛海鲜。

我过去不觉得日本料理有什么惊人之处。有一回和摄影家柯锡杰去吃日本料理，第一次坐在长板条上。老柯与师傅相熟，大显身手地叫了许多平日不易吃到的东西，而且有大部分是赠送的。这时始知吃日式料理也有大学问。老柯说："日本料理的师傅也是人，有荣誉心，如果遇到一位好的吃家，他恨不得自己的肚子都切下来给你下酒，谁还在乎那区区几个钱呢？"

柯锡杰早年留学日本，吃日本菜是第一流的高手，但是他说："不管吃什么菜，认识大师傅是必要条件，中国菜里也是一样的吧！菜里无非人情，大师傅吩咐一声，胜过千军万马。我早年在美国当厨子，自己发明一道烤鸡，名称就叫'柯氏鸡'，与'麻婆豆腐'一样，以人名取胜。结果大家都爱吃这道菜，不一定是菜有什么高明，是他们认识了柯氏，在人情上，总要试试柯氏鸡的滋味吧！"

这使我想起另一位吃家欧豪年。欧豪年每次在餐馆请客，一定提前半个小时前往，我觉得奇怪，不免问他，他说："主要是先来挑鱼，同样的鱼只要大小不同，味道就差很多。像青衣石斑之属，一斤左右的最好，太小的肉烂，太大的肉老。其次是先和师傅打个招呼，他就会特别留意，做出真正的好菜来。就说蒸鱼好了，火候最重要，要蒸到完全熟了可是还有一点点肉粘在骨头上，那个节骨眼，只有一秒钟的时间。"

中国人吃饭挑师傅相熟的馆子，和日本人在长板条上挑师傅一样，是人情味的表现。我曾在一家日本料理店看一个日本人在长板条上，每吃一片生鱼就喝一杯清酒，一边和师傅聊天，最后竟然大醉高歌而归。那时我想：使他醉的不一定是清酒，说不定是那个师傅！

梁妹

新加坡朋友何振亚颇有一点财富，待人热诚。我在新加坡旅行时住在他家。他最让人羡慕的不是他的有钱，而是他有个好厨子。

何振亚的厨子是马来西亚籍的粤人，是个单身女郎。她身材高挑，眉清目秀，年约三十余岁。等闲看不出她有什么好手艺，但她是那种天生会做菜的人。

这梁妹不像一般佣人要做很多事，她主要的工作就是做三餐。我住在何家，第一天早上起床，早餐是西式的：两个荷包蛋，两根香肠，一杯咖啡，一杯牛奶或果汁。奇的是她的做法是中式的，蛋煎两面，两面皆为蛋白包住，却透明如看见蛋黄——

这才是中国式的"荷包蛋",不是西式的一面蛋——而那德国香肠是梁妹自灌的,有中西合璧的美味。

正吃早餐的时候,何振亚说:"你不要小看了这鸡蛋。你看这鸡蛋接近完全的圆形,火候恰到好处,这不止是技术问题。梁妹是个律己极严的厨师,她煎蛋的时候只要蛋有一点歪,就自己吃掉,不肯端上桌,一定要煎到正圆形,毫无瑕疵,才肯拿出来。我起初不能适应她的方式,现在久了反而欣赏她的态度,她简直不是厨子,是个艺术家嘛!"

梁妹犹不仅此也,她家常做一道糖醋高丽菜,假如没有上好的镇江醋,她是拒绝做的。而且一粒高丽菜,叶子大部分要切去丢掉,只留下靠菜梗部分又厚实又坚硬的部分,切成正方形(每个方形一样大,两寸见方),炒出来的高丽菜透明有如白玉,嚼在口中清脆作响。真是从寻常菜肴中见出功夫,那么可想而知做大菜时她的用心。有一回何振亚请酒席,梁妹整整忙了一天,每道菜都好到让人嚼到舌头。

其中一道叉烧,最令我记忆深刻。端上来时热腾腾的,外皮甚脆,嚼之作声,而内部却是细嫩无比。梁妹说:"你要测验广东馆子的师傅行不行,不必吃别的菜,叫一客叉烧来吃马上可以打分数。对广东人来说,叉烧是最基本的功夫。"

梁妹来自马来西亚乡下,未受过什么教育。我和她聊天时忍不住问起她烹饪的事。她说是自己有兴趣做菜,觉得煎一粒好蛋也是令人快乐的事。

"怎么能做到这样好?"

"我想是这样的,一道做过的菜不要去重复它,第二次重新做同一道菜。我想,怎么样改变一些佐料,或者改变一点方法,能使它吃起来不同于第一次,而且企图做得更好一点,到最后不就做得很好了吗?"

我在何家住了一个星期,真觉得有个好厨子是人生一快,后来新加坡的事多已淡忘,唯独梁妹的菜印象至为深刻。我不禁想起以前的法国大臣塔里兰奉派到维也纳开会,路易十八问他最需要什么,他说:"祈皇上赐臣一御厨。"因为对法国人来说,没有好的厨子,外交就免谈了。

以前袁子才家的厨子王小余说:"作厨如作医,以吾一心诊百物之宜。"又说:"能大而不能小者,气粗也。能啬而不能华者，才弱也。且味固不在大小华啬间也。能，则一芹一菹皆珍怪；不能，则虽黄雀鲊三楹，无益也。"真是精论，一个好厨子做的芹菜绝对胜过坏厨子做的熊掌。

做一个好厨子的条件是怎样的呢？

美国玄学大师华特说："杀一只鸡而没有能力将之烹好，那只鸡是白死了。"

法国人爱调戏人，他们常问的话是："你会写文章，会画图作雕刻，你好像什么都有一手，且慢，你会烧菜吗？"呀哈！如果你只会写文章，不会烧菜，只能算是"作家"，不能算是"艺术家"，骄傲的法国人眼中，如果你不会烧菜，至少也要具有好舌头，否则真是不足论了。

得过最高荣誉勋章的法国大厨波古氏说过："发现一款新菜，比发现一颗新星，对人类的幸福有更大的贡献。"诚不谬哉！

响螺火锅

在纽约旅行的时候，有一天雕刻家钟庆煌在家里请吃火锅，约来了纽约的各路英雄好汉,有画家姚庆章、杨炽宏、司徒强、卓有瑞,摄影家柯锡杰,舞蹈家江青,作家张北海。

那一天之所以值得一记,是因为钟庆煌准备了难得吃到的响螺火锅。响螺是电影中常见海盗用来吹号的那种螺,体型十分巨大,吃起来颇费事,故一般西方人很少食用,在纽约只有中国城有得卖。

钟庆煌说,他为了准备这响螺火锅已整整忙了一天,一早就走路到中国城挑选合适的响螺。由于响螺壳坚硬无比,必须用锤头敲开,敲开之后只取用其前半部(像吃蜗牛一样,前半部才是上品)。取下后切片也不易,因响螺肉韧,必须用又利又薄的牛排刀才能切成薄片,要切得很薄很薄,否则就不能吃火锅了。

听钟庆煌这样一说,大家都颇为感动,而且听说一般馆子吃响螺不是用焖就是用炖的,用来吃火锅还是钟庆煌的发明。

那一次吃响螺片火锅滋味难忘,因肉质鲜美,经滚水烫过有一股韧劲和脆劲,吃起来有点像新鲜的鲍鱼片,但比鲍鱼更有劲道,而且响螺肉有点透明感,真是人间美味。吃涮响螺片时我才发现,如果真有至味,不一定要依赖厨子,然而火候仍是不可忽视的，透明的螺片下锅转白时即捞起，否则就太老了。

回台北后，吃火锅时常想起雕刻家亲手拿锄头敲开的响螺火锅。可惜找不到响螺，后来在南门市场一家卖海鲜的摊子找到了响螺，体积比美国的小得多，要价一两十五元。摊贩说是澎湖的响螺，滋味比美国的好，因为美国的长得太大了，肉质较硬。

带一些回来试做，才发现不然。因美国响螺大，切片后吃火锅较适合，澎湖的嫌小了一些。后来我想了很久，用一个新的方法做：先炖鸡一只，得汤一碗，再用鸡汤煨响螺片约十分钟，味道鲜美无比。

现在台北的馆子里也开始做响螺，尤其广东馆子最多。通常也是用鸡汤煨，再焖一些青菜进去，是正统的吃法；另有一法是将螺肉挖出剁碎，和一些碎肉虾泥再塞回螺壳中蒸熟，摆到盘子里非常壮观，可惜风味尽失。这使我想到，生猛海鲜本身的味道已经各擅胜场，纯味最上，配味次之，像什么虾球、花枝丸、蚵卷、蟹饺等等都是等而下之了。

画家席德进生前也是有名的吃家，他就从不吃虾球之属，理由之一是：谁知道那是什么做的。理由之二是：即使用虾也不会用好虾，好好的虾干嘛炸虾球？——真是妙见，把新鲜响螺剁碎了，简直是暴殄天物。

但这也不是绝对的。做汤的时候，用一个响螺同做，味道也完全不同。问题是，这时的响螺肉就不能吃了——这似乎是吃家的原则之一：你有一种东西，只能选择一种吃法，不能又要喝汤又要吃肉。

荷叶的滋味

在台北的四川馆子和江浙馆子里，常常有一道菜叫"荷叶排骨"。荷叶排骨就是用荷叶包排骨到大锅里去蒸，通常要选肥瘦参半的肉排，因为太瘦了用荷叶蒸过会涩口，肥则不忌。

用荷叶蒸排骨实在是大学问，也是大发明。由于火蒸之后，荷叶的香气穿进排骨，而排骨的油腻则被香气逼了出来，两者有了巧妙的结合，是锡箔排骨远远不及的。广东馆子用荷叶包糯米团，糯米中可有各种变化，咸的可以包肉，甜的可以包芝麻或豆沙，不管做什么，都非常鲜美，真是把荷叶用到出神入化的地步。

使用荷叶也是大的学问，一家馆子的师傅告诉我，包荷叶只能取用质软的一部分，靠茎的部分则不能用。而且荷叶刚采时并不能用，易于断裂，须放置一日，叶已软而不失其青翠，如放置过久，荷叶一下锅蒸出来就乌黑了。

荷叶在中国菜里使用得并不广，记得台湾乡下有一种"荷叶粿"，是用荷叶包粿，有咸甜各味，一打开荷香四溢。我幼年时代有一位三姑妈擅做这种荷叶粿，但姑妈去世后，我已多年未尝此味，只是一想起，荷叶仍然扑鼻而香。

植物的叶子在中国菜中是配味，不论怎么配，确实可以改变味道，如同端午节使用的粽叶。在乡下，光是粽叶的价钱就有好多种，好的粽叶做出来的粽子就是不一样。嘉义以南，有许多人包粽子用大的竹叶，味道又不同了，它没有粽叶浓香，格外带一点清气，和荷叶粿有点相似。

台湾乡人节省，有的家庭把吃剩的粽叶洗净、晾干，第二年再来使用。这时包的虽是粽子，殊不知风味已经尽失了。这与台北一般大馆子做鸽松、小馆子做蒸饭常使用到竹筒类似，但那竹筒一用再用，早就毫无滋味。那么，用竹筒和用别的容器又有何不同呢?

台北苏杭馆子里,信义路有一家的包子做得有名,包子倒无特殊之处,只是蒸的时候笼子里铺了干草。这一出笼时就完全不同了,和荷叶排骨一样,它把包子的油蒸了出来,却又表现了包子的精华。唯一遗憾的是,那些干草并不是用一次就算,失去了发明时的原意。

中国菜讲究火功,到细微处,菜肴身边的配置十分重要,荷叶是其明显的一端。古时不用瓦斯,光是木炭都有讲究,喝茶时用松枝烹茶,松树之香气会穿壶入水,称之为"松枝茶"。我童年的时候,母亲常用蔗叶煮饭烧茶,做出来的饭、泡出来的茶都有甜气,始知小如叶片,也有大的用途。

荷叶的滋味甚好,使人想起中国菜实是中国文化的表现。荷叶固可以入诗入画,同时也能入菜,入菜非但不会使荷叶俗去,反而提高了一道菜的境界。只是想到荷叶难求,心中不免怏怏。

在乡下,使用荷叶原不是有特别的妙见,而是就地取材。记得我的姑妈当年包"荷叶粿"时,并非四时均有荷叶可用,有时也取芋叶或香蕉叶代之。那时每次使用别的叶子,姑妈总爱感叹:"这芋叶、香蕉叶蒸的粿,怎么吃总是比不上荷叶,少了那一点香气。"

如今想起来,只是习惯造成的感觉。芋叶有芋叶的好,蕉叶也有蕉叶之香。我倒是觉得,说不定连梧桐叶都可以做排骨呢!

新加坡、马来西亚、印尼、印度一带,人民就擅于使用树叶,路边小摊常有各种树叶包着的东西,卖的时候放在火上一烤即成。我在当地旅行时,爱在路边吃这些东西,发现不只是肉,连鱼虾都包在叶子里烤。这样烤的好处是水分保留在叶子里,不失去原味,而且不会把东西烤坏。

中国菜使用叶子,通常用的是蒸,适于大馆子。说不定还可以发展烤的空间,让升斗小民也能尝到荷叶的滋味!

张东官与麦当劳

近读《紫禁城秘谭》,里面写到清朝最好吃的皇帝是乾隆,而乾隆最爱吃的是江苏菜,万寿节及其他节日常开"苏宴"。当时御厨里的苏州厨役有张东官、赵玉贵、吴进朝诸人。乾隆常吃的菜有"燕窝黄焖鸭子炖面筋""燕窝红白鸭子筋炖豆腐""冬笋大炒鸡炖面筋""燕窝秋梨鸭子热锅""大杂烩""葱椒羊肉"等等。

张东官出现以后，其他苏州厨子黯然失色。张东官可以说是清朝风头最健的人物。

当时乾隆皇到处巡狩，各地大臣为了讨好皇上，到处去访寻庖厨名手，张东官就是长芦盐政西宁出重金礼聘自苏州。乾隆三十六年二月，皇帝出巡山东，西宁进张东官进菜四品，其中有一品是"冬笋炒鸡"，很合皇帝口味，吃完以后，皇帝赏给张东官一两重的银锞两个。此后，皇帝每吃一次张东官的菜就赏银二两，一直到三月底回京。

乾隆四十三年，皇帝再次出巡盛京，传张东官随营做厨。七月二十二日，张东官做了一品"猪肉馅煎馄饨"，晚上又做"鸡丝肉丝油煸白菜一品""燕窝肥鸡丝一品"、"猪肉馅煎黏团一品"，极为称旨，吃完后，皇帝赏银二两。

不久之后，张东官时常做菜进旨，如"豆豉炒豆腐"、"糖醋樱桃肉"，又做"苏造肉、苏造鸡、苏造肘子"。这段时间，皇帝时常赏赐，记载上赏过"熏貂帽檐一副""小卷缎匹""大卷五丝缎一匹",可见皇帝对一个好厨子的礼遇。

乾隆四十六年二月,张东官正式入宫当御厨,官居七品,更得皇帝的宠爱。《紫禁城秘谭》写到张东官的最后一段是:

"乾隆四十八年正月初二日晚膳,张东官做'燕窝脍五香鸭子热锅一品''燕窝肥鸡雏野鸡热锅一品',尤称旨。屈指初承恩眷,至是匆匆十二年矣!"

张东官大概是清朝最后一位最有名的厨子,从皇帝对他的赏赐和别人对他的敬爱有加,可以知道一名好厨子是多么难求。好厨子就如同艺术家,原不必来自宫廷,民间也自有奇葩。我看了张东官十分传奇的历程,以及他做给乾隆吃的一些菜名,真觉得上好的烹调是一菜难求。

就说一道"豆豉炒豆腐","不知用何种配料,就膳档规之,帝殊嗜爱。"豆豉和豆腐都是民间之物,任何乡下村妇都能做这道菜,可是张东官的火候却可以惊动皇上,一定是厨之外还有艺。

"厨之外有艺"是中国菜的传统,不但要在味道上讲究,在颜色上讲究,甚至在名字上也都别出心裁,犹如新诗创作。看到好的名字、好的味道、好的颜色,忍不住会从人的喉头伸出一只手来。

说到厨子,有一回叙香园的老板请吃饭,把他们馆子里大部分的菜全端出来,一共二十四道,品品都是好菜,叫人吃了仰天长啸。我问杨先生:"你们馆子里有多少名菜呢?"

"大致就是你吃的这些了,一个饭店里只要有二十道菜就是不得了的,要知道一般小馆只要有一道招牌好菜也就不容易了。"

然后我们谈到厨子,杨先生觉得好的厨子是天才人物,不是训练可得,因为好厨子的徒弟虽不少,但成大厨的永远是少数中的少数,没有一点天生的根器是不成的。厨艺又和艺术相通,所以一般艺术家自己都能发明出几道好菜来。

我问到一个俗气的问题:"那么一个好厨子目前的薪水是多少呢?"杨先生说那得要看他的号召力,像叙香园的大厨,一个月的薪水是三十万新台币,比起一家大公司的总经理毫不逊色。

我想到三十万台币是十几两黄金,那么现代人厨的待遇恐怕远超过乾隆皇的御厨张东官了。可是一个名厨足以决定一家饭店的成败,三十万也实在是合理的待遇。你看台北的馆子何止千百,能打出大师傅招牌的却没有几个。

看完《紫禁城秘谭》，我到台大附近去买书，发现台大侧门对面也开了一家麦当劳，门口大排长龙，心中真是无限感叹。中国这样优秀的饮食传统恐怕有一天要被机器完全取代了，将来如果我们要找名厨，真只有到典籍中去找了。

我们当然不必一定吃张东官的好菜，但是，能把豆豉炒豆腐做好的厨子，现在还剩几个呢？

吃客素描

我有一个朋友陈瑞献，是新加坡、马来西亚一带有名的艺术家，同时是有名的吃家。他以前在"南洋商报"上写吃的专栏，十分叫座，对吃东西之讲究罕有其匹。

瑞献和现居台湾法国文化中心主任戴文治是黄金拍档，两人时常一起到世界各国去大吃，事后互相研究讨论。在吃这一方面，配合得像他们这样好的也很少见。

说到他们两人的相识也是奇遇。戴文治曾是法国驻新加坡的大使，陈瑞献正好是新加坡法国大使馆的秘书，本是主属关系，由于两人都好吃并且酷爱艺术，竟成好友，交相莫逆，以兄弟相待。

这两个吃家好吃到什么程度呢？陈瑞献常说："人生有四件大事，除了吃以外，其他三件我已忘记。"他们是那种有了好吃的东西可以丢掉其他三件的人。瑞献每天除了吃好吃的东西，生活几乎是邋遢的，衣着方面。他虽在大使馆上班，却终年穿着短裤、拖鞋到办公室，由于他名气太大，久之大家也习以为常。在住的方面，他住所对面就是新加坡有名的绿灯户，是黑社会争夺的地盘，虽是两层洋楼，家中却堆满零乱的字画，要找个能坐的地方都感到困难。在行的方面，他开着大使馆所有的一部福特跑车，车龄已有六七年，他开到哪里停到哪里，由于挂着使馆牌，即使在管理严格的新加坡也享有特权。他那部车是新加坡少数有名的"大牌"之一，车子够老，牌子够硬。

瑞献书画、义章、金石都是绝活，除了这些，对他最重要的大概就是吃了。

有一年，瑞献因公来台北。我问是不是可以看看他的行程，他把纸拿出来，里面几乎没有行程，只写了三餐用餐的地点和吃些什么菜。

"这就是你的行程吗?"我说。

"是呀!有什么比吃更重要呢?"

他说出外游山玩水固好,但对他们这种经常在世界各处跑的人已没有什么意义,吃吃好东西才是最实在的。我看他的"行程表"(就是吃程表)中有一天中午空白,表示我要作东,那时我正想去法国,在办理赴法签证,大权在戴文治手中,便约戴文治一同前往。

当时在戴文治家中,瑞献指着戴文治对我说:"你请他吃饭可要当心,要是吃到什么难吃的菜,你的法国签证就泡汤了。假如吃到好菜,说不定给你一张法国护照。"

三人哈哈大笑,戴文治补充说明:"我的权力没有那么大,最长只能给你签六个月。"

"当然,如果不给你签,你这辈子别想去法国了。"瑞献爱开玩笑,"完全看你怎么安排了。"

兹事体大,当下三人摊开吃的地图(戴文治家中有一本专门记载台北馆子的书籍,有图表)研究,我从罗斯福路、和平东路、信义路、仁爱路、忠孝东路一路问下来，大部分有名的馆子他们都吃过了。这使我大吃一惊，因为台北爱吃的人虽多，吃得这么全的也算少见。

后来我卖了一个关子，说："这样好了，明日午时就在法国文化中心集合，我带你们去吃，但先不说吃的地点和吃些什么。"两人相视一笑，点头答应。

第二天，我带他们到仁爱路的"吃客"去吃，果然他们没有吃过，大为惊奇，台北居然有他们没吃过的馆子。我叫了一些普通的菜，记得是咸猪脚、风鸡、醉虾、干丝牛肉、吃客鲳鱼、炒年糕、黄鱼煨、香菇鸭舌汤，每出来一道菜都叫他们舌头打结；事实并不是菜烧得多了不起，只是吃客猪脚、风鸡、醉虾对初尝的人确是异味，而黄鱼煨之鲜美，香菇鸭舌汤以五十只鸭舌做成，都是富有舌头震撼力的。

吃完后叫了 客豆沙锅饼， 客芝麻糊，吃得两位名吃客啧啧称奇。

结束之后，我问戴文治："味道如何？"

"六个月，六个月。"戴忙着说，意即我的法国签证，他可以给我签最长的时间。

"这样棒的一顿饭才值六个月吗?"瑞献打趣说,我们不禁拍案大笑。

这时我才透露了为什么选"吃客",因为在戴文治的"秘笈"中并没有吃客的记载,胜算很大。我们四人(还有我的妻子小銮)谈到,选择馆子事实上没有叫菜重要,因为每一个馆子的师傅总有一两道"招牌好菜",有时一家馆子就靠一道菜撑着,如果去吃馆子不知道叫菜,如同盲人骑马,只知有马,不知马瞎,真是太可怕了。

好菜的功能之大甚至影响到法国签证呢!可不慎哉!

后来我与妻子到新加坡,瑞献一来就为我们开了一张食单,每天让我们早、午餐自便,晚餐如果没有特别应酬,则听他安排;他找到的菜馆不论大小,菜都是第一流的,即使是路边小摊吃海鲜,他也都能找到又新鲜又好吃的地方——这真是食家本色。好的食家是不摆排场、不充阔佬的,一万块吃到好菜不是本事,一千块吃到好菜才是本事;能吃海鲜不是本事,要便宜吃到好海鲜才是本事;知道名菜名厨不是本事,连街边小摊都了然于胸才是本事。

有瑞献带路去吃，差一些把我的舌头忘在新加坡。

最遗憾的是，瑞献为我排了一餐俄国菜、一餐印度菜，由于那两天都有朋友应酬，因而分别在江浙馆和广东茶楼吃饭，至今引为憾事。瑞献表现在吃上的兴趣是令人吃惊的，他不但餐餐陪我们吃，毫无倦容，而且吃得比我们还有味。有一回吃潮州菜，我看他吃得趣味盎然，忍不住问他："你吃过这么多次，还觉好吃吗？"

他正色道："好的菜就是你吃几十次也不会腻的，就像一幅好的画挂在家中三五年，你何尝厌倦？"

他继续说："吃好菜的时候总要把心情回到最初，好像是第一次品尝，让味蕾含苞待放，这就像和情人接吻，如果真爱那情人，不管接多少次吻都有不同的滋味，真正的吃家对待食物要像对待情人。"

他告诉我，有一次他和戴文治在法国吃鸡肉，戴文治在一食三叹之后求见厨师，当那顶白高帽在厨房门口出现，戴文治自动站起来，先向厨师致敬，再与他交谈。他说："事后，戴文治对我说，他敬爱厨师，一如敬爱情人；对于那些失去做爱能力的人，佳肴是最好的补偿。"

瑞献常说："不惜工本以快朵颐是食家本色。"又说："让蠢人错把你当白痴者，是一流食家的逸乐。"又说："品味如品画，厨者所以是画人。"他为了吃，有时甚至是疯狂的。

举例来说，一九八一年大陆曾有"锦江华筵访问团"，锦江师傅坐专机到新加坡，包括锅铲、碗筷和重要材料全是专机空运。锦江师傅在玻璃内做菜。吃客可以在外面观察他们的做法、刀功等等，从切菜、炒煮到端盘出来一目了然。在新加坡来说，是难得的机会。

然而一桌菜叫价一万坡币（合二十万台币），瑞献兴起了吃的念头，他的妻子小菲极力反对，因为一万坡币不是小数目。后来瑞献想了个变通的办法，就是邀集十位朋友，一人出一千坡币（合两万台币），一起去吃锦江华筵，分摊起来负担就小了。

小菲仍不赞成，觉得花一千坡币吃一餐也不可思议，但瑞献对她说："你让我去吃这一餐，你只是心痛一阵子，如果你不让我去吃这一餐，我会遗憾一辈子。"他们伉俪情深，小菲只好节省用度,让他好好地吃了一餐。事后他告诉我:"真是值回票价!"小菲则对我说:"幸好给他去吃,否则真会怨我一辈子,他吃了那顿饭,回来整整说了一个月。"

我和瑞献已有三年未见,但每次吃到好菜总不自觉想起他来,因为在这个世界上人莫不饮食,豪侈暴发之辈奇多,一掷万金者也所在多有,但鲜有能知味之人,知味是多么不易呀!

我们的通信开头总是:"最近在××路发现××馆子,拿手好菜是……味道……"结尾则是:"几时来这里,一起去大吃一顿吧!"

知味不易,人生得知味之知己,是多么难呀!

一九八五年四月二日